公主傳奇之 6

公主河的秘密

馬翠蘿 著
靛 圖

新雅文化事業有限公司
www.sunya.com.hk

公主傳奇

公主河的秘密

作　　者：馬翠蘿
繪　　畫：靛
策　　劃：甄艷慈
責任編輯：陳喜嘉
美術設計：李成宇
出　　版：新雅文化事業有限公司
香港英皇道499號北角工業大廈18樓
電話：（852）2138 7998
傳真：（852）2597 4003
網址：http://www.sunya.com.hk
電郵：marketing@sunya.com.hk
發　　行：香港聯合書刊物流有限公司
香港新界大埔汀麗路 36 號中華商務印刷大廈 3 字樓
電話：（852）2150 2100
傳真：（852）2407 3062
電郵：info@suplogistics.com.hk
印　　刷：中華商務彩色印刷有限公司
香港新界大埔汀麗路 36 號
版　　次：二〇〇九年十月初版
12 11 10 9 8 7 / 2017

ISBN：978-962-08-5063-9

18/F, North Point Industrial Building, 499 King's Road, Hong Kong.
Published and printed in Hong Kong

目錄

第 1 章　誤闖槍林彈雨

「啾～啾～啾～」

一顆顆子彈從四面八方飛來，在馬小嵐、曉晴和曉星姐弟三人頭上掠過，嚇得他們把身體緊貼地面，不敢抬頭。

因為曉星一個提議，竟令他們誤入了一個兩國交戰的戰場，身陷槍林彈雨中。

早前趁着假期，三個好朋友去了一趟旅行。按計劃，他們今天上午乘坐由小嵐駕駛的直升機到約約山看火山岩，之後就飛回機場，坐飛機回烏莎努爾。但在回機場途中，一直埋頭埋腦看旅遊雜誌的曉星突然提議，讓小嵐拐遠一點，前往坐落在烏隆、胡陶兩國之間的雲頂山。據旅遊雜誌上介紹，雲頂山下有一塊有上千年歷史的姻緣石，任何人只要在姻緣石前說出心願，都會如願以償。

曉晴一聽便躍躍欲試，小嵐見時間還早，也沒有反對，於是拐了個彎，往雲頂山飛去。

誰知天有不測之風雲，中途飛機上的通訊設備突然壞了，加上遇到大霧，飛機在空中迷了路，兜了幾個小

時，最後汽油用盡，被迫在一片開闊地上降落。

誰知，飛機一降落，恐怖的事情就發生了。「啪啪啪」，機身霎時被槍彈射穿了十幾個窟窿，舷窗玻璃也被打中了，碎片濺了他們一身。三個人急忙伏下，只聽得外面槍聲如炒豆子似的響成一片。

小嵐從打穿的洞裏往外看，發現他們被夾在兩支正開戰的軍隊之間了。情況十分危急！

小嵐觀察了一下四周，說：「那邊有個小鎮，我們得趕快離開飛機，往小鎮的房子裏躲避！」

但是，要跑到小鎮，要經過一段幾十米的開闊地，身邊、頭頂不斷有子彈射過，人根本不能直着身子走路，小嵐當機立斷：「趴下來，爬過去！」

曉晴勉強趴在地上，卻又嘀嘀咕咕地埋怨：「這樣多沒儀態！」

小嵐瞪她一眼：「要儀態還是要命？」

曉晴沒再吭聲，曉星倒是興致勃勃的：「好玩！就像打野戰一樣。」

在地上爬的滋味，原來極不好受，才爬了幾步，手肘和膝蓋就被蹭破了皮，小嵐和曉星還忍得住，嬌小姐曉晴就受不了啦。她越想越氣，便責怪起曉星來。

「都是你！」曉晴氣哼哼地瞪着弟弟，「要不是你出什麼餿主意，要來雲頂山下看什麼姻緣石，我們早已回到烏莎努爾，優哉游哉地吃下午茶點了。」

「哇，你真會耍賴，剛才不知道是誰，一聽姻緣石可以使願望成真，就兩眼發光，一個勁兒地催着要來呢！」曉星反擊着。

「我沒有！」

「你就有！」

吵着吵着，兩個人竟然忘了危險，坐了起來。他們鼓着腮幫子，狠狠地瞪着對方，就像兩隻鼓氣青蛙。

「你們想找死嗎？」小嵐伸出兩隻胳膊，把他們用力往地上一按。

「啾～啾～啾～」曉晴曉星剛伏到地上，幾顆子彈就馬上從他們頭上掠過，嚇得他們再也不敢動彈。

正在這時，忽聽「轟隆」一聲。大家回頭一看，只見直升機騰起衝天大火。看樣子是子彈擊中了油箱，令油箱着火了。

幾個人都嚇得目瞪口呆，幸虧離開了飛機，要不……

曉晴歇斯底里地尖叫起來。

小嵐一把捂住她的嘴：「閉嘴，你想成為下一個目

標嗎？」

曉晴停了嘴，但身子卻在發抖，腿軟得再也爬不動了。她摟住小嵐，嗚嗚地哭着：「我們要死在這裏了，我們要死在這裏了！」

小嵐拍拍她的肩膀：「不會的，我們不會死的！你看，我們之前經歷了那麼多危險，在烏莎努爾坐直升機差點摔死，在南非月亮洞遇上地震差點壓死，在明朝流落街頭差點餓死，但我們不是都挺過來了嗎？放心好了，我相信這次也會逢凶化吉的。」

「小嵐姐姐說得對！姐姐，我們會沒事的。」曉星說着遞給曉晴一個破鍋蓋，那是他在路上撿的，「姐姐，這個送給你。你戴在頭上，可以擋子彈呢！」

曉晴抽抽泣泣地接過鍋蓋，嘟着嘴說：「戴在頭上多難看！」

雖然表示不滿，但她還是把鍋蓋蓋在頭上了，萬一有顆子彈射中腦袋，這東西可能還真能擋一擋呢！

小嵐稱讚說：「我們的曉星越來越像個男子漢了，懂得保護女孩子。」

曉星受了表揚，高興得眼睛發亮：「小嵐姐姐，我要是再撿到一個鍋蓋，就給你。」

三個人繼續向小鎮爬去，爬一會兒，又停

姐姐，這個送給你。你戴在頭上，可以擋子彈呢！
戴在頭上多難看！

一會兒。不時有子彈從頭上、身邊掠過，險象環生。幾十米的路就像萬里長征，足足爬了半個多小時，他們才爬到了靠邊的一幢房子門口。

那房子大門緊閉，曉星首先伸手去敲門，可敲了十幾下都沒有人來開門，不知道是屋主怕危險不肯開門，還是裏面根本沒有人。他們只好又爬到隔壁的房子，但敲了好久，還是沒有人出來。

子彈從四面八方飛來，躲哪裏都不安全。曉晴害怕得蜷曲着身子，好像想把整個身體都縮進那小小的鍋蓋裏。她嚶嚶低泣着，邊哭邊叫喚着：「老爸老媽啊，救命呀！我們快要死啦！」

曉星也嚇得臉色發白，他看看小嵐，希望她快點說出那句最能鼓舞人心的豪言壯語：「天下事難不倒馬小嵐！」這樣，他會放心些。

可是，小嵐只是呆呆地看着那扇敲不開的門，一言不發。

曉星覺得沒希望了，他腦子裏不知怎的莫名其妙地湧出了一句詩，便隨口唸了出來：「風蕭蕭兮易水寒，壯士一去兮不復還。」

小嵐的確亂了方寸，在這槍林彈雨中，在這沒遮沒擋的地方，她的萬般智慧都沒法施展了。她心裏在無助地喊着：「萬卡，萬卡，快來救救我們！」

這時，忽然聽到有人在喊：「喂，過來，過來！」

是幻覺嗎？三個人都不敢相信自己的耳朵。

這時，聽到了更清晰的聲音：「喂，孩子們，快過來！」

大家一看，原來是隔壁一幢房子，門開了一點點，裏面有人伸出一隻手，一邊朝他們揮着，一邊喊。

三個人大喜，急忙向那幢房子爬去。一隻有力的胳膊，把他們逐個拉進了屋子裏。

屋子裏有一男一女，都是三十來歲，看樣子應是一對夫婦。女的看上去慈眉善目的，樣子十分親切。男的很高大，是孔武有力的那類人，剛才，就是他那隻有力的手，把他們三個人拉進屋子裏的。

小嵐急忙向那對夫婦道謝：「謝謝你們相救。」

女人只是溫柔地笑着，男人豪氣地說：「小事一樁！」

曉晴驚魂甫定，感激地問道：「請問先生太太大名，以後好報答你們。」

男人笑道：「不用報答。叫我們迪先生迪太太好了！」

說話間，迪太太已拿來一個小藥箱，從裏面拿出一些消毒藥水呀紗布呀什麼的：「孩子們，來包紮一下，看你們手腳都受傷了。」

這時，大家才發現身上這裏也痛那裏也痛，原來手肘和膝蓋等多處地方都擦破皮了，正滲着血。

曉晴一見，竟扁扁嘴，哭了起來。

「不哭不哭。來，阿姨先給你包紮。」迪太太溫柔地扶曉晴坐下，又輕輕地替她處理傷口。曉晴開始時還咧着嘴哭，後來見到並不很痛，迪太太又挺呵護的，就住了聲。

第2章　戰爭根源

處理好傷口以後，大家回到桌子前，見到迪先生在桌上擺了一碟炒花生。

「沒什麼好招待你們，只有這些花生了。」迪先生不好意思地說，「自從幾天前胡陶國向我們烏隆國開戰以後，我們這座位於交戰中心的邊境小鎮就成了槍靶子，胡陶國軍隊攻擊的子彈打過來，我們軍隊反攻的子彈也盡朝這裏鑽。為了安全，我們家家門戶緊閉門窗，不敢邁出大門一步。」

曉星說：「怪不得我們剛才敲了幾家大門，都沒有人敢開門。」

小嵐問：「請問，胡陶國為什麼要向你們開戰呢？」

迪先生搖頭歎氣：「說來話長。胡陶國和烏隆國接壤，本來世代友好，兩國人民通商、通婚的很多。剛才你們降落的那片開闊地本來是我國開設的貿易廣場，胡陶國的人平時可以過來購物、洽談生意，一年到頭都很熱鬧很興旺。直到幾個月前出了一件事。胡陶國想跟我國締結兒女親家，他們的阿齊齊國王夫婦主動來找我們

的阿力士國王，要將他們的美姬公主許配給我國的漢斯王子。但不知為什麼，我們國王沒有答應。美姬公主被拒絕，一氣之下，竟跳河自盡了。」

曉晴眨巴眨巴着眼睛：「啊，美姬公主真可憐。」

曉星說：「公主配王子，正好啊！阿力士國王為什麼拒絕呢？」

「這個我也不清楚。」迪先生搖搖頭，說，「胡陶國從此跟我們國家交惡，斷絕外交關係，國王還勒令他的臣民不准跟我們往來。」

小嵐問：「互不來往也算了，大家各自為政。但現在又為什麼打起來了呢？」

曉星也好奇地問：「是呀！幾個月前絕交是為了他們的王子和公主，那現在打起來了，又是為了什麼呢？」

迪先生說：「唉，說出來你們也難以相信，也是為了我們兩國的公主和王子。」

曉晴眼睛睜得比龍眼大，嘖嘖，看她那八卦勁兒：「太有戲劇性了，迪先生，快說來聽聽！」

曉星也一臉好奇：「你們兩個國家，究竟有幾位王子公主呀？」

「我們國王有兩位王子，漢斯王子和漢

西王子。胡陶國國王有兩位公主，美姬公主和素姬公主。」這時迪太太插進話來，「聽說，素姬公主和漢西王子一向感情很好。美姬公主死後，胡陶國國王阿齊齊就再也不許素姬公主跟漢西王子來往了。但就在兩天前，阿齊齊突然向我國宣戰，他們說漢西王子把素姬公主拐走了。胡陶國在邊境依據制高點，日夜開槍，作恐嚇性的射擊。我國也不示弱，也派出軍隊開槍回擊，而不幸我們的小鎮就夾在雙方駁火中心……」

曉晴說：「這個胡陶國國王，也真是糊塗啊！大公主已經很不幸，為什麼要禍延小公主呢？看，現在不但沒了大公主，連小公主也沒了！」

小嵐問迪先生：「漢西王子把素姬公主拐走了？這事屬實嗎？」

「現在是公說公有理，婆說婆有理呢！」迪先生說，「我有個朋友在胡陶國王宮做事，他告訴我，聽說在素姬公主失蹤之後，阿齊齊國王讓人破解她的電腦密碼，檢查她的電子郵箱，結果發現了漢西王子發給素姬公主的信，信裏清清楚楚地寫着，要素姬公主跟他一塊兒離家出走。」

小嵐說：「那阿力士國王怎麼解釋？」

迪先生說：「阿力士國王說阿齊齊國王說謊。因為

阿力士國王也找專家破解了漢西王子的電腦密碼，登入了他的電子郵箱，發現了一封素姬公主寫給漢西王子的信，信裏說是素姬公主提出要漢西王子跟她離家出走的。」

曉星大聲說：「噢，我明白發生什麼事了！」

曉晴說：「哇，弟弟你今天怎麼聰明起來了。快說來聽聽！」

曉星說：「我知道在這件事上，一定有一個人在說謊。或者是阿齊齊國王，或者是阿力士國王。」

曉晴撇撇嘴說：「嘿，這誰不明白！還以為我弟弟什麼時候長進了，這麼快就參透了什麼！」

「喂，周大小姐，都什麼時候了，還搞針對！」小嵐不滿地瞪了曉晴一眼，「曉星能悟出這一點也不錯呢！起碼他動了腦筋。」

曉星見有小嵐撐腰，悄悄地朝他姐姐吐舌頭，氣得曉晴在桌子底下拿腳踢他。

曉星好漢不吃眼前虧，忙跑開了。他跑到壁櫥前面，裝模作樣地看着裏面一張照片，喊着：「噢，好可愛的小男孩啊！」

小嵐和曉晴聽了馬上跑過去看。那是一個兩三歲左右的小男孩，黑色的鬈髮，眼睛又大又機靈；嘴巴笑得彎成個小月亮，臉上還有兩個小酒窩。小嵐和曉晴情不自禁地喊了起來：「噢，真的好可愛啊！」

小嵐問迪先生夫婦：「這個小男孩是你們的兒子嗎？他在哪？怎麼不在家？」

迪太太的眼睛霎時紅了，迪先生憂心忡忡地說：「對，他是我們的兒子小寶。開戰前一天，他剛好去叔叔家玩，現在沒法回來了。通訊都中斷了，還不知道他情況怎樣呢！」

迪太太「哇」一聲哭了出來：「可憐的孩子，沒有我們在身邊，他一定很害怕。槍彈沒眼，他又淘氣，不知道會不會跑到外面去玩……天哪，我的兒子！」

迪先生摟着她，嘴裏說着安慰的話，但臉上卻寫滿擔心。

三個孩子都不知說些什麼安慰的話才好。小嵐忙走過去，拉着迪太太的手，說：「別擔心，有小寶的叔叔照顧着呢，他沒事的！」

迪太太流着淚說：「現在兩國只是對峙，互相用槍掃射，如果戰爭升級，就很難擔保會用更猛烈的武器。那時，我們都難逃一死。可憐的小寶，他才這麼小……」

大家正在安慰迪太太，突然聽到胡陶國那邊陣地有人用高音喇叭喊起話來：「你們趕快交出素姬公主吧，我們已經沒有耐性跟你們僵持下去了。十分鐘後，我們會啟動現代化武器，那時候，你們的陣地會灰飛煙滅，你們的邊境小鎮也會從此消失……

屋子裏的人全都呆了。現代化武器？這座無遮無擋的鎮子，這鎮子裏的人，還能生存嗎？

「哇！」曉晴哭了起來，「天哪，好不容易找到這避難所，沒想到還是躲不過！早知早晚也得死，乾脆就不爬那麼長的一段路，弄得這裏傷那裏痛！」

迪先生夫婦沒作聲，只是眼裏充滿了無奈。

曉星努力挺着胸，一副英勇不屈的樣子，但從他蒼白的臉色，還有他那隻死死抓住小嵐衣服下襬的手，看得出他心裏害怕極了。

小嵐也沒了主意，天哪，難道真的要死在這裏？！危急關頭，她又想起了萬卡，心裏暗暗祈求：「萬卡，你快來啊！你快來啊！快來救我們！」

但她又明明知道這不可能。因為沒有人知道他們的行蹤，更不會知道他們被困在這小鎮上，很快便隨着炮聲灰飛煙滅。

第 3 章　以公主的名義

十分鐘過去了，「轟」，一發炮彈落在小鎮旁邊，震得房子裏噼里啪啦掉下幾大塊灰土。屋子裏的人都沒有躲避，因為避也沒有用，躲到哪裏都是死。

「轟」，又一發炮彈落在更靠近的地方，發出震耳欲聾的聲音。大家都明白，這兩發是試探性的發射，很快，第三發，或者第四發，就會命中小鎮，鎮毀人亡。

「小嵐，我怕！」曉晴向小嵐撲了過去。曉星見了，也顧不得保持男子漢風度，一把摟住小嵐和姐姐。三個人抱作一團，靜待那最後的致命一擊。

十秒鐘，二十秒鐘，三十秒鐘，那些大炮好像突然變成啞巴了一樣，沒再響起。一分鐘，兩分鐘，還是沒響，四周一片死寂。

十幾分鐘過去了，怎麼回事？

屋裏的人既惶惑，又驚喜，難道……胡陶國國王突然大發慈悲，不忍生靈塗炭，不再發動進攻了？

正在這時，聽到外面傳來一陣直升機聲，又是一陣紛沓的腳步聲，接着，「砰砰砰」，有人敲門。

大家都嚇了一大跳——這敲的正是迪先生的家門。

莫非，胡陶國不使用炮火，改用軍隊進攻，士兵們已經長驅直入小鎮了？

「砰砰砰」，又是一陣敲門聲。屋裏一片死寂，所有人都心驚膽戰，腦子裏飛速把破門後的情景想了一遍。小嵐看過不少講述戰爭的小說或者電影，那裏有不少這樣的情節：敵軍進城後，燒殺搶掠、姦淫婦女……

「跟他們拚了！」小嵐順手抄起一張小板凳。

曉晴見了，也伸手拿起屋角一把掃帚。曉星情急之下，抓了一把花生，心想一把花生扔過去，也能嚇唬敵人一下。

迪先生則拿來了一把菜刀和一根棍子，他把棍子塞到妻子手裏，然後說：「孩子們，讓開，我來對付他們！」

話音未落，門「砰」一下被推開了。

屋裏的人，心都吊到了嗓子眼，連向來膽子大的小嵐，心都撲通撲通亂跳。

迪先生搶前一步，用身體擋住屋裏的人。他把菜刀高高舉起，大喝一聲：「誰敢進來！看刀！！」

門外的人似乎被嚇住了，沒有走進屋裏。

門外站了不少人，有十多二十個，但奇怪的是，除了穿軍裝的軍人，還有穿西裝的。曉星在小嵐耳邊嘀咕了一句：「這裏的人真酷，怎麼會穿西裝打仗？」

這時候，一個穿西裝的相貌威嚴的人走上前來，大聲說：「放下武器。我是總理雷斯！」

啊！屋裏的人都感到很意外。

迪先生大吃一驚，因為他認出來了，面前這人真的是烏隆國的雷斯總理呢！迪先生對他一點兒不會陌生，因為常常在電視新聞裏見到他的樣子。

總理來自己尋常百姓家幹什麼呢？迪先生正在發愣，雷斯又說：「我們是來迎接烏莎努爾公國尊貴的小嵐公主的。」

「公主？」迪先生惶惑地說，「總理先生，您弄錯了吧？這裏只有我們兩夫婦，還有進來躲避的三個孩子，沒有什麼公主。」

「有，怎麼沒有！」曉晴知道，救命的人來了，她拉過小嵐，大聲說，「烏莎努爾公國小嵐公主在此，還不行禮！」

那些人一聽，趕緊敬禮。

雷斯總理微微鞠躬，說：「讓小嵐公主受驚了，對不起！」

之後他們又自動自覺讓出一條路，看他們恭恭敬敬

的樣子，好像是讓後面一個地位更尊貴的人上前來。

一個身材頎長、穿着將軍服裝的年輕人走進屋裏，他脫下了帽子。

「萬卡！」小嵐一看，便尖叫着撲了過去。

「萬卡，你怎麼不早點來，你不知道，剛才好嚇人，好嚇人！」小嵐一頭扎進萬卡懷裏，話語裏含着委屈。天不怕地不怕的馬小嵐，剛才的一幕幕，真的把她嚇壞了。要知道，不管她有多堅強，畢竟還是一個才十六歲的少女啊！

萬卡擁着小嵐，一隻手輕輕拍打着她的背，就像呵護着一個受驚的小孩子。他滿含歉意地說：「對不起，真的對不起！我來晚了。」

小嵐突然想起是在眾目睽睽之下，這樣的行為會有損自己平日的「英雄」形象，忙掙脫了萬卡。她清了一下嗓子，說：「算啦，晚了一點點而已，沒關係！你是怎麼知道我們在這裏的。」

萬卡說：「我安排賓羅大臣去機場接你們，但他向航空公司查問時，發現你們並沒有上飛機。繼續追查，發現你們租用的直升機在中途出事了，降落在胡陶國。我們知道胡陶國和烏隆國正在開戰，十分擔心，便利用衞星追蹤尋找你們行蹤，結果發現你們在這裏。於是，我要求交戰兩國暫時停戰一小時，以便來這裏接回公主。」

小嵐好感動：「萬卡，謝謝你。每次有難，都是你救了我。」

萬卡説：「這是我應該做的。我承諾過，會一生一世保護你，不讓你受到傷害。」

「萬卡！」小嵐太感動了，顧不上個人形象，又一頭扎進萬卡懷裏。

萬卡溫柔地笑着，用手輕輕撫摸小嵐的秀髮。

周圍的人竟噼噼啪啪鼓起掌來。

「好感人啊！」曉晴眨巴着眼睛，感動得想哭的樣子，又小聲跟曉星説，「要是利安來了，我跟他肯定也會有這一幕的。」

曉星眨眨眼睛，故意質疑説：「我看不一定。」

氣得曉晴踢了他一腳。

這時，萬卡走到迪先生面前，握住他的手，説：「我是烏莎努爾公國國王，非常感謝兩位！你們保護公主有功，我會報答你們的。」

迪先生回答説：「國王陛下，施恩不圖報，陛下萬勿客氣。」

萬卡説：「以我的能力，只能讓胡陶國和貴國停戰

一個小時，戰爭仍會繼續，請通知鎮裏的人趕快離開這裏。迪先生和夫人可以跟我們一起走，你們會在烏莎努爾得到最好的照顧的。」

迪先生看看妻子，妻子朝他搖搖頭。於是，他堅決地說：「謝謝陛下好意。但是，我們是不會離開小鎮的，相信鄉親們也一定不願意離開這裏。我們生於此長於此，對家鄉的一山一水、一草一木都充滿感情，不管今後發生什麼事，我們都願意跟自己的家園共存亡……」

小嵐聽了很感動，她突然做了一個決定。

她看着萬卡的眼睛，用堅定的口氣說：「我也決定留下來。」

「啊！」在場所有人都大吃一驚。

小嵐繼續說：「我希望以烏莎努爾公國公主的名義，召開調停會議。請你幫我聯絡雙方國王，並要求開會期間暫時停火。」

萬卡看着小嵐，眼裏流露着擔心：「小嵐，不管你想做些什麼，我都會支持你。但是，這畢竟是交戰雙方，萬一他們一言不合又打起來，我……我擔心你的安全。這樣吧，我也留下來，跟你一塊兒處理調停一事。」

「太好了！」曉星曉晴都歡呼起來，有了萬卡這把保護傘，看誰敢不聽！

小嵐喜形於色，其實她也很想萬卡留下，只是怕他國務繁忙，沒有時間。

這時候，一名烏莎努爾官員走過來，他是外交部的一名司長。他先向小嵐鞠了一躬，然後小聲跟萬卡說：「陛下，您得趕快回去。晚上您說好了要接見旺旺國總理的。臨出來時，萊爾首相一再叮囑，要我提醒您，我們接着跟旺旺國有一份兩百億的貿易合約，不容有失。還有明天要會見蘭地國的總理、後天要會見當歸國的首相……」

「這些事交萊爾首相處理好了。」萬卡說，「在我心目中，沒有什麼比小嵐公主的安全更重要的。」

「陛下，這……」

侍衞長還想說什麼，被萬卡打斷了：「不用再說，我已決定。」

曉晴推推小嵐，妒忌地說：「聽聽，萬卡對你多好。真羨慕死我了！」

小嵐沒理會曉晴說什麼，她拉着萬卡的手，說：「萬卡，謝謝你的關心。但是，如果因為我而耽誤國家大事，我會不安的。你回去吧，我會做好這次調停工

作，然後平平安安回去的。你相信我好了！」

萬卡看着小嵐：「小嵐，我不放心你。」

小嵐顯得信心滿滿的，她大聲說：「天下事難不倒馬小嵐！萬卡，你放心回去吧，等着我的好消息。」

萬卡點頭微笑：「我從來沒懷疑過你的智慧。好吧，我把侍衞長留下來，保護你們。」

小嵐一聽搖頭擺手，她最不喜歡有人像尾巴一樣跟在後頭了：「不用不用！」

萬卡知道小嵐脾氣，也不勉強：「那你們一切小心！」

第4章　談判桌上的水果大戰

靠着發達的現代通訊，當然更靠了萬卡國王的面子（烏莎努爾曾給予胡陶國和烏隆國龐大的經濟援助呢），僅用了二十分鐘時間，就確定了於一小時後召開一次由烏莎努爾小嵐公主主持的三國會議，胡陶國和烏隆國國王均會出席。

萬卡臨上飛機前，叮囑小嵐說：「我已跟胡陶國和烏隆國說好了，他們會保證你的安全的。你只管放心去做你想做的事吧！」

小嵐說：「謝謝你！我要盡自己最大的能力，去制止這場戰爭！」

「小嵐，我會一直支持你的！」萬卡又叮囑說，「聽說兩國積怨很深，他們未必肯放下仇怨停戰。有困難時，隨時找我。記住啊！」

「是，國王陛下！」小嵐兩腳一併，胸膛一挺，向萬卡敬了個禮。萬卡的臉上綻開了濃濃笑意，他用指頭輕輕點了一下小嵐的額頭，笑着說：「淘氣鬼！」

小嵐和萬卡分別登上了停在廣場上的兩架直升機。萬卡趕回烏莎努爾接待外賓去了。小嵐和曉晴曉星在雷

斯總理的陪同下，趕往胡陶國外交部大樓（他們把這大樓叫做七角大樓）——調停會議就在那裏召開。

那兩國國王也真的給足了面子，當小嵐踏着恭迎貴賓的紅地毯，走入外交部會議廳時，一干談判人員已經等候在那裏了。

「烏莎努爾公主馬小嵐駕到！」會議廳裏的所有人一聽，馬上齊刷刷起立。

雷斯總理首先介紹烏隆國國王及其隨員。烏隆國國王阿力士五十上下年紀，是個大鬍子，人長得很壯實，說話嗓子粗粗的，看上去挺豪爽的。他跟小嵐擁抱了一下，又說：「公主殿下，聽說您在邊境曾有一段不愉快遭遇，本王深表歉意。」

小嵐說：「不要緊，貴國民眾飽受戰火蹂躪多時，他們比我更慘，希望這次談判能把他們從水深火熱中拯救出來。」

阿力士用鼻子「哼」了一下，說：「本王最講道理，只要那些野蠻人能放下屠刀，我一定不計前嫌！」

小嵐說：「謝謝您的大量。有您這句話，停戰就成功了一半了。」

輪到介紹胡陶國了。胡陶國國王叫阿齊齊，他個子瘦瘦的，臉上帶着一副憤懣的神情，好像全世界都欠了他似的。但是，他對小嵐還是蠻客氣的：「公主，早前讓您受驚，本王深感不安，請公主海涵！」

小嵐微笑說：「沒關係，如果能化解你們兩國恩怨，我覺得也值了。」

小嵐被引到主席位坐下，曉晴和曉星分別坐在她兩旁。貪嘴的曉星，眼球馬上被桌上一盤盤水果吸引住了——好新鮮的水果啊！黃澄澄的香蕉，紅艷艷的草莓，香噴噴的芒果……他嚥了一下口水，想伸手去拿，但又忍住了。

「尊敬的阿力士國王，尊敬的阿齊齊國王，各位女士先生，現在開會。」小嵐簡單講了召開這次會議的目的，她首先曉以大義，講述戰爭帶來的禍害，要求胡陶國為大局着想，立即退兵。

當小嵐請阿齊齊表態時，他一點也不合作，硬繃繃地說了一句：「要我退兵？好，叫阿力士交出我女兒。」

阿力士一聽大怒：「你真野蠻！是你女兒約我兒子離家出走的，我兒子也失蹤了，我還沒找你要人呢，你就惡人先告狀！」

阿齊齊把桌子拍了一下，說：「明明是你兒子鼓動

我女兒離家出走的，我有電子郵件為證。你完全是顛倒是非！」

阿力士把桌子拍了兩下：「你不但顛倒是非，你還蠻不講理！」

阿齊齊站了起來，用手指着阿力士：「你不但顛倒是非、蠻不講理，你還陰險毒辣！」

阿力士也站了起來，也用手指着阿齊齊：「你不但顛倒是非、蠻不講理、陰險毒辣，你還狼心狗肺……」

阿齊齊怒沖沖：「你不但顛倒是非、蠻不講理、陰險毒辣、狼心狗肺，你還罪大惡極……」

阿力士氣呼呼：「你不但顛倒是非、蠻不講理、陰險毒辣、狼心狗肺、罪大惡極，你還人神共憤……」

曉星聽得呆了，說：「兩位國王伯伯，你們在玩超級無敵四字詞大接龍嗎？」

「什麼？」阿力士和阿齊齊有點莫名其妙。

曉晴不禁掩嘴笑了起來。

小嵐也想笑，但拚命忍住了：「兩位國王，請坐下來好好談，心平氣和才能解決問題。」

阿齊齊說：「我不想再跟這個人談了，他害死我大女兒，又拐走我小女兒。這場仗，我非打不可！」

兩位國王，請坐下來好好談，心平氣和才能解決問題。

阿力士說：「打就打！你以為我們是好欺負的嗎？我這就回去調派軍隊，把你們趕回老家去！再一直打，打到你的老巢，砸爛你的王宮……」

阿齊齊大怒：「好啊！看我現在就砸爛你的狗頭！」說完，拿起桌上一隻香蕉，就向阿力士扔去。

阿力士往旁邊一閃，避過了，他也抓起兩顆草莓，向阿齊齊擲去。阿齊齊沒阿力士身手敏捷，一個草莓「噗」地正中他前額，開了花，鮮紅的草莓汁流下來，像淌了一臉的血，十分嚇人。

阿齊齊更加惱火，他抓起一個芒果，扔向阿力士……

由兩國國王挑起的「水果戰」，蔓延到了其他談判成員，會議廳裏亂套了，大家都拿起水果當武器，兩國人員陷入混戰。

「這班人究竟在幹什麼呀？都瘋了，瘋了！」小嵐神情錯愕。

「哇塞，好刺激啊！」曉晴十分開心，她急忙從背囊裏拿出攝錄機，興奮地拍攝着。

「天哪，多好的草莓啊！」曉星眼巴巴地看着那些到嘴的水果變成武器被擲得稀爛，心痛極了。他急忙伸手，搶救出了一個芒果和兩隻香蕉。

「住手！」這時，小嵐發怒了，她拚盡力

氣尖聲喊了起來，「快給我住手！」

一班大人被她的尖叫聲嚇了一跳，馬上住了手。

「你們，你們……」小嵐看着那班被水果汁染得五顏六色的國家領導人，氣得頓腳。

看那些人仍然劍拔弩張的樣子，小嵐想，得想法子嚇唬嚇唬他們。身邊的曉晴正拿着攝錄機，饒有趣味地翻看剛才的錄影，小嵐一把奪過她的攝錄機，高舉起來：「我已經把你們打架的情形拍攝下來了，要是你們再鬧，我就把這段片子交給各國電視台，讓全世界看看你們是怎樣在談判桌上『英勇作戰』的。」

阿力士和阿齊齊呆住了。他們剛才只顧攻擊對方，根本沒留意有人在拍攝。不好，如果在電視台播出，豈不顏面盡失！只好乖乖地坐下了。

小嵐生氣地說：「叫你們來談停戰，你們卻在談判桌上打起來了，這……這簡直是國際大笑話！」

那些人都低下了頭，就像一羣被老師訓斥的學生。

小嵐沒好氣地說：「你們說，怎樣才肯停戰？」

阿齊齊眼睛一瞪：「除非還我女兒！」

阿力士脖子一擰：「除非還我兒子，還我公道！」

小嵐說：「好，那你們給我一個星期時間，我還你們兒女，還你們公道！」

誰知阿齊齊不同意：「不行，我等不了那麼久，我恨不得馬上跟這個人算賬！兩天，我只同意停戰兩天。兩天後，打他個落花流水！」

阿力士也不肯示弱：「好，我也同意兩天！我也等不及了，我要讓你嘗嘗我們烏隆國的厲害！」

這個問題才達成共識，沒想到他們又因小嵐的住宿問題吵起來了。

阿齊齊說：「小嵐公主住我國，因為我們國家的酒店漂亮些，襯得起公主的尊貴身分。」

阿力士說：「不，小嵐公主得住我國，我國的酒店美觀而不俗氣，才配小嵐公主的高貴氣質！」

阿齊齊又說：「不行，我們國家是受害者，小嵐得住我們國家，方便她還我們公道！」

阿力士說：「我們國家是受害者兼蒙冤者，小嵐公主得住我們國家，方便為我們平反昭雪！」

阿齊齊說：「住我們那裏！」

阿力士說：「住我們那裏！」

兩人大眼瞪小眼，就像兩隻惡鬥中的公雞。

小嵐哭笑不得：「好啦好啦，我兩個國家輪流住好了。現在已經很晚了，我今晚和明晚就住這裏吧，後晚住烏隆國。」

阿力士和阿齊齊異口同聲地說：「那還差不多！」

他們倒挺一致的。

「兩天之後，你就知道我厲害！」

「兩天之後，你就知道我不好惹！」

臨離開時，兩位國王都忘不了留下一句恐嚇的話。

小嵐直搖頭。小孩子打架，一人給一個冰淇淋就哄得他們乖乖聽話；兩個國家打架，你給他一座金山或者一座銀山，都不一定奏效。

阿齊齊吵架時強得像頭牛，但對小嵐還是禮數周周，蠻客氣的。晚飯後，他親自把小嵐等人送到了風清清國賓館。風清清國賓館是胡陶國接待國家元首的地方，小嵐雖然不是元首級，但因為烏莎努爾跟胡陶國的友好關係，阿齊齊還是讓她住進了這家國賓館。

說是賓館，倒更像小別墅，因為它只是一棟由小花園圍擁着的三層小樓。沿着一條鵝卵石鋪成的小徑，往小樓而去，登堂入室，才發現裏面極盡豪華，雖然不及烏莎努爾王宮，但也及得上八九了。

不過，小嵐他們幾個人剛剛經歷了那場槍林彈雨，又再經歷下午那場勞神費勁的調停，都累壞了，提不起欣賞一下環境的興趣。他們各自走進房間，草草洗了澡，就爬上牀呼呼大睡了。

第5章　奇特的姻緣石

曉晴和曉星兩姐弟都是讓小嵐從被窩裏拖出來的，這兩個懶傢伙，太陽升起老高了，還賴着不想起牀。

「睡睡睡，你們就知道睡！我們好不容易爭取了兩天的時間，難道就是為了睡嗎？」小嵐氣呼呼地站在那兩姐弟跟前，大聲教訓着，「我們要是不在兩天時間裏查出真相，他們又要打起來了！」

「嗯，嗯，是我不對，太不對，太太不對……」曉星夢囈般説着，身子搖搖晃晃的，往旁邊一倒。

「站好站好！」小嵐趕緊一把揪住他，不讓他倒下去。

這邊剛跟曉星生氣，那邊曉晴又出狀況了：「唔……讓我再睡一會……不急，本小姐美貌與智慧並重，一定能幫你查出真相……」她説着，身子晃了幾晃，往旁邊倒去。小嵐真是氣不打一處來，她乾脆把揪住曉星的手一放，兩姐弟一個往左倒，一個往右倒，「碰」，撞個正着。

「哎喲！」

「哎喲！」

隨着兩聲怪叫，曉星和曉晴徹底醒過來了。

「小嵐，我發現你越來越壞了！」曉晴嘟着嘴。

「小嵐姐姐，我不跟你玩了！」曉星苦着臉。

小嵐一副沒所謂的樣子：「隨便吧！好啦，我一個人吃早餐去。啊，好豐富的早餐啊，阿齊齊國王還真夠意思，讓人把胡陶國最美味的東西都端到餐桌上了！」

小嵐邊說邊走。如她所料，馬上有一雙手把她扯住了。曉星眼睛發亮，他拉着小嵐說：「小嵐姐姐，人家剛才跟你開玩笑呢！你等等我，我洗把臉就跟你一塊兒去。」

曉晴不甘落後，也「吱溜」一下跑回自己房間，留下一句話：「等等我，很快！」

一個小時後，三個人吃飽喝足，懶洋洋地靠在椅子上。小嵐一言不發，看着落地窗外搖曳的樹影，在想着事情。曉晴就和曉星熱烈地討論着剛剛品嘗過的「豬不理包子」和中國天津的「狗不理包子」的異同。

一會兒，小嵐坐直了身子，說：「好啦，現在我們就來安排一下今天的日程。」

曉星搶着說：「先去好玩多美食的地方逛逛。」

曉晴慵懶地打了個呵欠：「我倒想回房間補補覺。」

小嵐杏眼圓睜：「周大小姐和周大少爺，你以為我們是在度假呀！我跟你們約法三章，第一，明天早上準時七點起牀，不許睡懶覺，違者，搔腳板侍候；第二，一切行動聽我指揮，如果私自溜出去購物或玩耍，沒收身上所有銀兩；第三，不可藉故識男仔或女仔，違者驅逐出境。」

曉星嘀咕着說：「我現在終於知道什麼叫『苛政猛於虎』了。」

曉晴也不滿地說：「真不夠朋友！」

小嵐一點不留情：「不滿是吧？自個兒回烏莎努爾去，我絕不挽留！」

曉星眼珠骨碌碌地轉了一圈，覺得接受苛政總比被趕回去要好，便馬上信誓旦旦地說：「好，我保證遵守這三條法例，保證！！」

曉晴露出一副勉強樣子，心不甘情不願地說：「好吧！」

「好，那我們現在就出發去雲頂山，尋找姻緣石……」

曉晴一聽馬上來了勁兒，她大聲響應：「贊成贊成！嘿，小嵐你怎麼不早說今天去姻緣石呢？」

曉星說：「是呀是呀，早知道今天去姻緣石，就不會跟你討價還價了。」

小嵐說：「喂，你們別自作聰明，我們去姻緣石是為了查案。因為據了解，素姬公主和漢西王子失蹤前，是約定在姻緣石見面的，我們要去看看那裏有沒有留下什麼蛛絲馬跡。」

曉晴興致勃勃地說：「沒問題，我會辦完公事再辦私事的。」

小嵐哼哼了兩聲，領頭走了。

兩部小轎車在樓下等候着，每部車前都站了兩個穿黑色西裝的年輕男子，看樣子是保鏢。一見小嵐等人出來，四個保鏢一齊鞠了個躬：「公主早上好！周小姐周先生早上好！」

小嵐點頭微笑說：「各位早上好！」

其中一名小頭目模樣的保鏢對小嵐說：「公主，奉阿齊齊國王陛下之命，我們四個人負責保護您的安全。」

小嵐馬上說：「謝謝國王美意。不過，我們不用保鏢。你們請回吧！」

小頭目很為難：「這……」

小嵐說：「放心好了，貴國民風淳樸，安全得很。

等會兒我給國王打個電話，跟他説明，他不會責怪你們的。」小嵐説完，上了前面那部車，對司機説：「去雲頂山下姻緣石！」

曉晴坐到小嵐身邊，她埋怨説：「怎麼不讓保鏢一起去呢？有帥哥陪不好嗎，又威風，又安全。」

小嵐沒好氣地說：「小姐，我們不是來逛街的，我們是來查找事情真相的！這麼多人跟着，多不方便。」

沒想到，那雲頂山還挺遠的，直到快中午時，才到了。那山在一個「三不管」地帶，為什麼要叫「三不管」呢？因為它所在的位置既不屬胡陶國，又不屬烏隆國，也許是當年劃分國界的人粗心忽略了這座山的屬權，而後來又難以確定適合劃入哪一個國家，只好由它變成「三不管」了。

小嵐吩咐司機在車裏等着，自己和曉晴曉星逕往姻緣石而去。

姻緣石豎立在山腳下。遠遠看去，發現它的造型十分奇特——兩塊高五六米寬兩三米的條狀大石並排而立，兩石間相距約半尺，最奇的是中間處又相連接，看上去，很像兩個人手拉着手站着。怪不得人們把它叫做「姻緣石」了。

曉星圍着石頭團團轉，一邊看一邊嚷着：

「哇，好神奇啊！」

曉晴早忘了剛才承諾，她已抓緊時間許願了。只見她站在姻緣石前，嘴裏喃喃地，不知在說些什麼。

小嵐早就不對那兩個傢伙抱什麼希望，就自顧自觀察起周圍環境來。

姻緣石背靠雲頂山，前面是一大片開闊地，放眼望去並沒有發現有民居。雲頂山挺高、範圍也挺大的，望上去林木森森，想是種滿了各種樹木。

小嵐一邊觀察，腦子裏不斷湧出問號：公主和王子相約在這裏見面，他們到底有沒有來？來了以後又發生了什麼事？他們後來上哪裏去了？

也許是由於戰爭，姻緣石前冷冷清清的，只有一對年輕人在石前許願。這時候，一個中年人挑着一綑柴從山上下來。小嵐趕緊上前，跟他打招呼：「叔叔您好！」

中年人笑着回答：「小姑娘，你好！」

小嵐說：「這麼早就上山打柴嗎？」

中年人說：「是呀，打仗那些天，家裏能燒的東西都燒光了。現在暫時停戰，得抓緊時間準備些柴草，萬一又打起來，有點東西好燒。」

小嵐說：「放心吧叔叔，不會再打仗的，一定不會

再打仗的。」

中年人看着小嵐，說：「小姑娘，你心腸真好，希望承你貴言，不會再打仗。」

小嵐說：「叔叔，向您打聽點事。四天前，即本月十五號，您有沒有經過這裏？」

中年人說：「有啊！我那天也上山打過柴，來回都經過姻緣石呢！」

小嵐又問：「那您有沒有注意到，那天在這姻緣石旁邊有沒有什麼特別的事情發生？」

「你這可難倒我了。我只是經過而已，也沒怎麼留意。」中年人想了想又說，「要是你想知道什麼，可以去找芬絲問問。」

小嵐問：「芬絲？芬絲是什麼人？」

中年人說：「她是個小販。打仗前，她天天在這裏擺賣飲料。打仗後兵荒馬亂的，沒有人再來這裏，她也就沒再擺賣了。十五號那天，她還在這裏，她或者可以回答你想知道的事。」

小嵐高興地說：「謝謝叔叔！請您告訴我芬絲住在哪裏。」

中年人爽快地說：「行！」

小嵐問了芬絲的詳細地址後，便急急地走

回姻緣石，見到曉晴兩姐弟一個仍在雙手合十不知在說些什麼，另一個則圍着大石東摸摸西摸摸一副傻樣。

小嵐大聲說：「喂，走啦！」

曉星一聽開心地說：「小嵐姐姐，查到什麼了嗎？」

小嵐說：「當然，天下事難不倒馬小嵐！」

曉星興奮地拉着小嵐就走：「好啦，快回七角大樓去。」

小嵐掙開他的手：「幹什麼呀？」

曉星說：「不是查到什麼了嗎？回去告訴阿力士和阿齊齊國王呀！」

小嵐敲了他腦袋一下：「笨！有線索不等於真相大白了，回去告訴他們什麼呀？」

「哦！」曉星有點洩氣地說，「我以為你已經破案了呢！」

「廢話。你姐姐還沒禱告完呢，這一點點時間就能破了案，你以為我是神仙啊！」小嵐說，「我只是查到了一個可能提供線索的人。快走，我們現在就去找她！」

走了幾步，小嵐發現身後只跟着曉星，回頭一看，只見曉晴仍在姻緣石前面嘀嘀咕咕的。

「喂，你怎麼這麼多話呀！你只是求姻緣，只要說

出你想跟誰過一輩子不就行了！」小嵐一邊說，一邊拉着曉晴走。

「你放手呀放手呀！」曉晴掙扎着，「我還沒說完呢！」

曉星也問他姐姐：「是呀，姐姐，你怎麼那麼多願望呀？」

曉晴說：「嘿，光是說想跟誰好是不夠的，我還要說出希望那人要怎麼對我好，拍拖時最好送我什麼禮物，談婚論嫁時要送我什麼首飾，當然一隻幾十卡的鑽石戒指就免不了，要辦一個大型的豪華婚禮……唉，剛說到希望去哪裏度蜜月，你們就來搗亂！其實我要說的還多着呢，結了婚以後，家中事一切由我做主，還有……」

曉星睜大眼睛：「姐姐，我真怕你嫁不出去！」

曉晴怒氣沖沖：「住嘴！你太低估了你姐姐的魅力了……」

「周大小姐，你再說我恐怕要昏倒了！」小嵐打斷曉晴的話，「快走吧！等解決了兩國停戰的問題，你再來這兒說上十天十夜！」

曉晴不滿地說：「走就走囉！人家說要一次過說完願望才會應驗的，害得人家以後又得從頭再說一遍！」

第6章　尋找芬絲

去找芬絲，還真費了一番周折。從姻緣石走到芬絲住的地方，要走一段很長的路，而且那段路車子不能走，又像迷宮似的東拐西繞。小嵐和曉晴曉星三個人走了大半個小時，一路上問了不下十幾個人，才在一條小巷盡頭找到了她住的小石屋。

偏偏芬絲又不在家。三個人坐在門口等了足足一個小時，直到曉晴的嘴巴越嘟越長，可以掛個汽水瓶子了，芬絲才一搖三擺地回來了。

小嵐一見有個瘦得像根竹竿的女孩走來，就知道是芬絲，因為砍柴大叔說過她的特徵，就是又瘦又長。她樣子看上去比小嵐他們年齡要大幾歲。

小嵐很有禮貌地說：「請問你是芬絲嗎？」

那女孩疑惑地看了看他們，說：「我是。找我有什麼事呀？」

小嵐說：「我們想找你了解點事。我們可以進屋談嗎？」

芬絲把門口一擋，說：「不行！天曉得你們是好人壞人。像我這樣如花似玉的美女，得提防着你們這些狂

蜂浪蝶！」

啊！小嵐三個人真是哭笑不得，什麼時候他們也成了狂蜂浪蝶了？

曉星走上前說：「芬絲姐姐，你說得一點沒錯，像你這麼漂亮，漂亮得天上有地下無的女孩子，真要小心一點。但你放心好了，我們不是壞人。我是神探曉星，因為要查一個案子，想請你提供點線索。」

「神探？天哪，我最崇拜神探了！」芬絲眼睛發亮，她張開雙臂，竟熱情地想跟曉星來個熊抱，嚇得曉星趕緊躲到小嵐背後。

「請進請進！」芬絲一點不覺得尷尬，反而熱情地招呼曉星進屋，又對小嵐和曉晴說，「你們倆一定是曉星神探的助手吧，也請進來。」

芬絲家裏陳設很簡單，惟一引人注目的，是牆角一個小書櫃，小嵐看了看，大多是福爾摩斯和阿加沙·克利斯蒂等偵探小說作家的作品。

小嵐明白了：原來芬絲是個偵探小說迷，怪不得對他們的態度有這樣一百八十度的轉變。

「曉星神探，你破過什麼案？驚險嗎？」芬絲好奇得像個小孩子。

曉星忘了剛才的驚嚇，大吹牛皮：「破過

神探？天哪，我最崇拜神探了！

好多案！比如，替一個大國找回一個國王啦，替一個歷史悠久的王室偵破了一宗槍擊案啦，嘿嘿，真了不起！」

小嵐直眨眼睛，哪有人說自己了不起的！

偏偏那芬絲卻喜歡，她看着曉星，眼裏滿是仰慕，十足一個小Fans：「哇，曉星神探。你真厲害呀！我真要把你當偶像了！」

曉星聽了忘乎所以。

芬絲又殷勤地說：「你們想查什麼案？需要我幫些什麼？」

曉星朝小嵐擠擠眼睛，說：「就讓我的助手小嵐跟你講吧。嘻嘻……」

「是，神探！」小嵐煞有介事地朝曉星點點頭。她又對芬絲說：「請問，打仗前，你是不是在姻緣石旁邊擺了個賣汽水的攤檔？」

芬絲點頭說：「是的。」

小嵐又問：「你記不記得，本月十五號，在姻緣石附近，有沒有來過什麼特別的人？或者有什麼特別的事情發生？」

芬絲想也不想就說：「這姻緣石旁邊發生的事，天天都一個樣，都是些男男女女來求姻緣。求完了就走，沒有什麼特別的事。」

小嵐説：「你再想想。」

芬絲説：「如果你一定要我説特別的事，那就是十五號那天我擺攤的時間最短，但掙到的錢最多。」

小嵐很感興趣：「這有點特別，説來聽聽。」

芬絲説：「那天剛開檔不久，就來了一個光頭和一個頭髮長長的男人，他們一下子買了三十罐啤酒，我平常有時賣一天都沒有這麼多呢！過了不久，又來了一個很大方的女孩，她拿着一張五十塊錢的紙幣來向我買一瓶礦泉水，我沒有零錢找給她，她竟然説不用找了。那瓶水只賣五元錢啊！」

「哦……」小嵐若有所思，「那擺攤的時間最短，又是為什麼呢？」

芬絲説：「那天上午，我還沒到十一點就收了攤檔回家了。因為當時發生了一場山火，火灰都飄到我的攤檔了，我覺得反正掙夠了，就早早收檔回了家。」

小嵐問：「那你記不記得，那女孩長什麼樣子，穿着打扮有沒有什麼特別之處。」

芬絲回憶了一下：「長得還算漂亮，跟我差不多吧……」

「咳咳咳……」曉晴猛地咳嗽起來，又拚命捂住嘴

巴，憋得滿臉通紅。

芬絲看了她一眼：「你怎麼啦？」

小嵐暗暗捏了曉晴一把，怕她壞了事。

小嵐對芬絲說：「你別管她，她喉嚨有毛病。」

「噢，你保重！」芬絲拍了拍曉晴的背，又繼續說，「她穿着打扮挺漂亮的。要是我也穿上這樣漂亮的衣服，一定比她還美呢！」

「我相信！」小嵐鄭重其事地點點頭，又問，「女孩來姻緣石做什麼？呆了多長時間？她後來上哪裏去了？是一個人走的，還是跟其他什麼人走的？」

芬絲眼睛瞪得大大的：「嘿，你這助手問的盡是怪問題！她來姻緣石，肯定是來求姻緣嘛，當時人來人往的，我又只顧招徠顧客，也沒留意她什麼時候走的。但我印象中，她好像一個人呆了很長時間，好像在等人似的。不過，我走的時候她已經不在了。不知道她是什麼時候離開的。」

小嵐又問：「你後來還見過那個女孩嗎？」

芬絲說：「沒有。因為第二天就打仗了，我也沒再去那裏擺攤了。」

小嵐點點頭，說：「謝謝你給我提供線索。好了，我們走了。」

「走？不行不行！」芬絲纏着曉星，「神探，我想聽聽你的破案故事，你快給我講！」

「對不起，我們確實很忙。以後有時間再來給你講。」小嵐說完，起身往門外走去。

曉晴也站了起來，拉起曉星：「曉星，走吧！」

芬絲誇張地驚呼起來：「神探，你這兩個助手好過分，她們怎麼敢命令你……」

曉星扮了個鬼臉，說：「我們這個組合有點特別，助手比神探權力大，我得聽她們的。對不起，再見！」

「唉，偶像，那我們不知何年何月才能再見了。真令人傷心。」芬絲朝曉星張開雙手，說，「我們來個Goodbye Kiss！」

「救命！」曉星嚇得一溜煙跑了。

「神探，等等我！」芬絲在門口拚命頓腳。

三個人看見芬絲沒追上來才放慢了腳步。曉晴氣吁吁地說：「傻大姐一名。白跑一趟！」

小嵐說：「我倒覺得沒白來！起碼弄清了一件事，就是十五號那天，素姬公主的確來過姻緣石。」

曉晴眨巴着眼睛：「你認為那個用五十塊錢買一瓶礦泉水的人，就是素姬公主嗎？」

「嗯！」小嵐點點頭。

曉星說：「我也覺得會是素姬公主。一般人哪有這麼大方，白白多給了四十多塊錢。」

曉晴說：「有可能。」

小嵐說：「現在可以證實一點，素姬公主的確來過姻緣石，等漢西王子等了很長時間。但漢西王子為什麼要讓她久等？漢西王子後來有沒有出現？素姬公主是跟他一塊兒離開的，還是一直等不到漢西王子？」

「我明白了！」曉晴喊了起來，「一定是這樣，素姬公主約漢西王子在姻緣石碰頭，然後一齊離家出走，但是漢西王子不想這樣做，所以沒有赴約。素姬公主等來等去不見漢西王子出現，很傷心，所以就……啊，天哪，她一定是跟她姐姐一樣，自殺了！」

小嵐被曉晴的話嚇了一跳：「不會吧！」

曉晴說：「對，一定是這樣！漢西王子怕阿齊齊國王找他算賬，所以躲起來了，連阿力士國王都不知道他在哪裏。」

曉星說：「這回我支持姐姐了。芬絲只見到素姬公主，沒見到漢西王子，這極有可能是漢西王子根本沒出現。哎呀，怪不得阿齊齊國王這麼憤怒。」

小嵐拚命搖頭：「不會的不會的。」

她實在接受不了這樣的說法，要真是這樣

的話，那胡陶和烏隆兩國就休想有和解的一天了。

小嵐腦子亂糟糟的，曉晴和曉星再說了些什麼她都聽不進去了。又走了大半個小時，才回到了姻緣石。

司機正在姻緣石前走來走去，十分焦急，一見到小嵐他們回來，忙說：「謝天謝地，小嵐公主，你們終於回來了！國王打電話來找您很多次了，很擔心您啦！」

經司機這麼一提醒，小嵐才發現已是下午兩點多了。曉星這時直嚷嚷：「餓死啦，餓死啦！」

他們連午飯都還沒吃呢！

小嵐坐進轎車，吩咐司機：「回去吧！」

下午四點，他們終於回到了國賓館。國賓館餐廳馬上變得氣氛緊張，總經理不敢怠慢，親自跑入廚房指揮。幸虧有廚師隨時候命，不到幾分鐘，就陸續有菜肴端出來。

三個人什麼都顧不上了，飽餐一頓再說。

「噢，飽飽！」肚子填滿後，曉星放下筷子，又喝了一大口冰凍果汁，瞇着眼睛說，「舒服，舒服到每一根頭髮，每一隻腳趾，每一個毛孔。」

好久沒試過飢餓了，原來飢餓過後飽餐一頓是這樣令人滿足的！

這時候，他們才發現自己身上都髒兮兮的，又是汗

又是灰塵，於是決定回房間洗個澡，換身衣服再說。

他們約好半小時後在酒店花園的草坪上等候，商量下一步做法。

半小時後，小嵐第一個來到了花園。草坪中間有幾棵大樹，樹下有兩張雙人椅子，她坐了下來，靠在靠背上想事情。

希望曉晴說錯了。漢西王子沒有失約，或者他那天有去姻緣石，只是芬絲沒看見他罷了。

希望他們兩個人好好地躲在什麼地方，再花點時間，自己就可以把他們找出來。或者，他們知道闖了禍，很快自動現身，化解兩國矛盾……

「小嵐！」

曉晴來了，她看了看四周：「曉星還沒來嗎？這傢伙，老說我磨蹭，說我動作慢，看，這次他成了尾巴了……」

曉晴正在埋怨，忽然見到曉星狼狽地跑了過來，邊跑邊喊：「救、救命！」

兩個女孩不知道他發生了什麼事，正想採取行動，就聽到一把高八度的女聲：「神探，神探，等等我！」

是她？果然見到了曉星後面的竹竿身型

——正是芬絲！

天哪，她怎麼追到這裏來了！

曉星氣急敗壞地跑了過來，躲在小嵐背後。

小嵐也納悶，這傻大姐竟然跑這麼遠的路，來索一個Goodbye Kiss？

曉晴急忙為弟弟護駕，她挺身攔住芬絲：「喂，你臉皮真厚，竟然追到這裏來了。」

「什麼？」芬絲不滿地說，「我只不過是想見見我的偶像……」

曉晴說：「你再騷擾我們，就叫人把你趕出去！」

「芬絲，你想幹什麼？第一天上班就胡來！」是國賓館總經理來了，他蠻緊張的樣子，大聲呵斥道，「你竟敢騷擾我們最尊貴的客人！」

「我沒有、沒有。」芬絲見了總經理，就像老鼠見了貓，彎着腰低着頭一動不敢動。

總經理急忙向小嵐賠不是：「公主，讓您受驚，真對不起！我馬上解僱這個不懂規矩的員工。」

員工？原來芬絲是在這裏工作的。

小嵐見到芬絲可憐巴巴的樣子，忙說：「沒事沒事，一場誤會而已。芬絲也沒對我們做什麼，你不要解僱她。」

「謝謝公主大量。」總經理又對芬絲說，「這是烏莎努爾的小嵐公主，還不趕快道謝！」

「謝謝您大人不計小人過！」芬絲忙不迭地鞠着躬。

小嵐對總經理說：「你有事去忙吧，我還想跟芬絲聊幾句。」

「是，公主！」總經理說完，又悄悄跟芬絲說，「別再闖禍了！」

芬絲眼角瞟到總經理走遠，才鬆了一口氣，對小嵐說：「小嵐公主，您真是個大好人！要不是您，我一定會沒了這份工。」

小嵐笑說：「小事一樁！再說，你也曾經幫過我們，是我們的朋友。」

「朋友！天哪，您把我當朋友！」芬絲高興得手舞足蹈的，「您這個公主就是不一樣，不像我以前侍候的公主，又傲氣又任性。」

小嵐一聽，馬上問：「你曾經侍候過公主？哪個公主？」

「不就是美姬公主囉！」芬絲說，「我是她的梳頭宮女，直到幾個月前她去世了，我才出宮的。」

小嵐眼睛一亮：「那你一定知道很多美姬和素姬公主的事了。」

芬絲得意地說：「那當然！我知道的，比誰都多。」

小嵐十分高興，她對芬絲說：「這樣吧，我跟你們總經理說，今晚由你來侍候我們，你給我們講講兩位公主的事。請坐吧！」

「謝謝！」芬絲顯得很高興，她坐到了小嵐對面的椅子上，又朝曉星招手，「曉星神探，快來，我跟你一塊兒坐！」

曉星趕緊坐到小嵐旁邊：「不，我要跟小嵐姐姐坐。」

曉晴朝芬絲翻了一下白眼，極不情願地坐到了她身邊。

第 7 章　美姬公主和漢斯王子

芬絲清了一下嗓子，她見到小嵐和曉晴曉星都用期待的目光看着她，知道自己備受重視，不禁十分得意：「你們想聽什麼？儘管說！」

小嵐說：「就說說你們兩位公主和烏隆國兩位王子的愛情故事吧！」

芬絲坐直了身子，有聲有色地說了起來。

下面，就是芬絲說的故事。

我就先講美姬公主和漢斯王子吧，說起來，他們的愛情，還是素姬小公主間接促成的呢！

當時胡陶國和烏隆國兩國國王十分友好，阿力士國王常常帶着兩個王子來胡陶國王宮做客。記得那天，我正在給美姬公主梳頭，雪莉大驚小怪地跑進來了。

「公主，公主，我發現……」雪莉說到這裏，看了我一眼，好像不想讓我聽到。

美姬公主轉頭對我說：「芬絲，你先出去。」

「是！」我轉身朝外面走去，心裏酸溜溜的。雪莉還不是跟我一樣，是個侍女嗎？真不知道美姬公主喜歡她什麼，把她當心腹看。

走到外面，我多了個心眼，便躲在門外偷聽。

「公主，我按您吩咐，去了加麗湖邊，果然見到素姬公主和漢西王子，在親熱地說話呢！」

「我這妹妹真不聽話，跟她說了多少次了，我們可是尊貴的公主，要保持矜持，保持高貴身分，不要隨便跟男孩子交往，哪怕他是國王也好王子也好。」

這雪莉的聲音跟美姬公主的聲音怎麼這樣像，我只能憑着談話內容聽出誰是誰。

「不行，我得去干涉一下。雪莉，你跟我走。」

「是！」

雪莉扶着美姬公主剛剛走了幾步，就喊了起來：「哎喲，公主，我腳走不了啦！剛才跑回來時太急了，摔了一跤，腳踝現在好痛。」

我聽了捂着嘴偷笑，活該！

「哎呀，你真笨！」美姬公主又提高聲調喊着，「芬絲，芬絲快來。」

「來啦！」我三步並作兩步跑了進去。

美姬公主說：「跟我去加麗湖。」

「是！」我興高采烈地應道。

知道我為什麼這樣高興嗎？因為宮裏禮數很嚴，像我這種梳頭宮女，是不能陪伴主人出去見人的，平日的

活動範圍就局限在美姬公主的寢室和自己住的房間。加上我當時進宮不到一星期，連外面花園都沒去過呢！

一路上美姬公主的臉色都不好。雖然我接觸她時間不長，但也知道她很驕傲，性子很倔強。想來是素姬公主不聽她的話，令她很生氣。

走了一會兒，已經遠遠看到一個水天一色的湖了。又隱約見到一男一女背向我們坐在湖邊，他們互相依偎着，很是親密。想必那一定是素姬公主和漢西王子！

「氣死我了！」美姬公主加快了腳步。

我在後面緊緊跟着，其實我也十分好奇，想看看他們長得怎麼樣，是否真如別的侍女口中所說，是一對漂亮的金童玉女！

離湖邊還有十幾米時，突然大樹後走出一個年輕人，他一伸手，把美姬公主攔住了。

美姬公主和我都嚇了一跳。美姬公主定了定神，便生氣地嚷起來：「漢斯，你幹嗎攔我？」

哦，原來這人就是烏隆國的大王子漢斯！只見他一表人才，帥哥一名呢！

漢斯鼻子哼了一聲，說：「我知道你想做破壞王，拆散我弟弟他們，所以特地等在這裏，做他們的保護神。」

美姬公主平常說一不二，連國王和王后都讓她三分，她哪受得了這氣，她憤怒地嚷起來：「你……」

她下面的話還沒來得及出口，就被漢斯王子捂住了嘴巴。接着，漢斯王子像綁架似的，把美姬公主扯着往加麗湖的相反方向走去。

我有點不知所措，只好傻傻地跟着。

直到離開加麗湖頗遠時，漢斯王子才放開了美姬公主。美姬公主好兇啊，她大罵：「你們兩兄弟沒一個好人，一個引誘我妹妹，一個又綁架我！我告訴父親去。」

漢斯王子卻顯出無所謂的樣子，說：「如果真心相愛、兩情相悅算是引誘，你儘管去告吧！」

美姬公主說：「那你剛才綁架我，這賬我一定得跟你算！」

漢斯王子說：「哈，綁架，綁架你去哪裏？你現在不是好好地站在自家王宮裏嗎？」

美姬公主沒話可說，一怒之下，竟揮起拳頭，直往漢斯王子胸口捶去。

誰知那漢斯王子躲也不躲，避也不避，竟若無其事地站着讓美姬公主打。想來那美姬公主弱不禁風的，打下去也只是抓癢癢似的，一點不痛吧！

綁架你去哪裏？你現在不是好好地站在自家王宮裏嗎？

美姬公主鬧騰了半天，見沒佔上便宜，只好住了手，氣哼哼地站在那裏生悶氣。

漢斯王子說：「別生氣了，我向你道歉行不行？我只是不想你去破壞素姬跟漢西，他們都不是小孩子了，知道自己在幹什麼，我們做哥哥姐姐的，就別去干擾他們了。」

「哼，我偏要管！」美姬公主仍然不依不饒的，但可以看出，她已沒了剛才的火氣了。

漢斯王子說：「那以後我弟弟跟素姬在一起時，我就都站在那裏守着，不許你去破壞。」

美姬公主一扭身子，氣呼呼走了。

我沒敢吭聲，跟着美姬公主回去了。

我還擔心美姬公主受了氣，會把氣撒在我身上，所以一路上都挺忐忑的，老是悄悄地看她臉色。沒想到公主只是低頭想事情，臉上還不時露出笑意。

到下一個周日時，美姬公主早早地派了雪莉出去打聽：「快去看看那兩個壞蛋王子有沒有來，素姬有沒有去見漢西。妹妹的事，我管定了，今天一定要趕跑漢斯那壞蛋！」

看樣子，美姬公主跟漢斯王子拗上勁了。

可是有一個怪現象，每當知道兩位王子來了時，美

姬公主就會特別挑剔我替她梳的髮式，弄來弄去的，直到她滿意為止。還有，她把宴會才戴的最漂亮的首飾都戴上了，一點不像是去跟漢斯王子吵架，倒像是去約會。

後來，我發現美姬公主越來越喜歡去找漢斯王子吵架。只要雪莉報告兩位王子來了，美姬公主就慌忙去照鏡子，然後高高興興地出去，回來時，也是一臉笑意，那笑容，好甜蜜。

一天，雪莉悄悄跟我說：「美姬公主老是跟漢斯王子吵嘴，而且吵的時間越來越長。而且，她可能不想我去勸架吧，也不讓我跟着去了。天哪，怎麼辦，我們要告訴國王和王后嗎？我真怕他們有一天會打起來。」

我說：「他們不會打架的，你別瞎操心了。」

雪莉不明白：「為什麼？」

我用指頭狠狠地戳了她的腦瓜一下：「笨蛋！美姬公主愛上漢斯王子了！」

「啊！」雪莉驚訝得眼珠子都快要掉出來了，「沒可能，公主恨他還來不及呢！」

我說：「不信拉倒！」

我沒工夫跟這樣笨的人解釋。過了幾天，雪莉神經兮兮地跑到我身邊，一拍我的肩膀，說：「芬絲，你真神了，美姬公主今天跟王后聊天時，說她愛上了漢斯大王子呢！王后很高興，準備跟國王去烏隆國提親呢！」

「嘿嘿！現在才知道我厲害？遲了點吧！」我得意地笑着。

我和雪莉都很開心，都以為宮裏很快會辦喜事了。

美姬公主一向很驕傲，之前王后給她介紹了很多王子王孫，她都看不上。現在難得她自己有了喜歡的人，而且又是友好國家的王子，國王和王后一定會趁熱打鐵。

幾天後，國王和王后去了烏隆國。雪莉一大早來「八卦」給我聽，說他們找阿力士國王談兒女婚事去了。

本來傳統上一般都是由男孩家向女孩家提親的，但他們沒考慮這些，竟然主動去找阿力士國王了。王子配公主，那是天造地設，加上阿力士國王和我們國王又是好朋友，這事是「釘子鏽在木頭裏——鐵定了！」

沒想到，第二天，雪莉苦着臉來告訴我，公主的婚事吹了。原來漢斯王子已經有一個指腹為婚的未婚妻，她是鄰國的一位公主，叫葛婭。

唉，我和雪莉都很為美姬公主難過。

當天晚上，我接到父親去世的噩耗，便連夜請假回家去了。一個星期後，我辦完父親後事回到王宮時，才知道發生了大事——美姬公主竟然在半夜裏跳了公主河。第二天雪莉發現公主遺書，說是堂堂公主竟被人拋棄，不想活了……

我嚇呆了，天哪，怎麼會變成這樣？我到處找雪莉，想從她那裏打聽更詳細的情況，但是找不到她。後來有人告訴我，對美姬公主忠心耿耿的雪莉，已離開了王宮，去為公主守墳。

因為美姬公主死了，我們這班侍候的侍女也被遣散了，我沒了工作，只好去姻緣石旁邊擺了個賣汽水的小攤檔。直到最近因為素姬公主的事兩國開戰，沒了生意，我又失業了。幸好這裏的總經理和我去世的父母是同鄉，他替我在這裏找了份打雜的工作……

第 8 章　公主河的秘密

沒想到，這芬絲還挺有說故事的天分呢！

小嵐三人都聽得入了神，芬絲說完了，大家都還愣愣地看着她呢！

看來芬絲挺喜歡這種效果，她得意地笑了。

小嵐歎了口氣：「像美姬公主這樣生性高傲的女孩，碰上這樣的事，一定痛不欲生。她選擇自殺也是有可能的事。只不過，她是選擇錯了，這樣去死，太不值得。」

曉晴扁扁嘴說：「美姬公主好可憐啊！她想追求幸福，但卻落得這樣下場。」

曉星站起來，伸出拳頭揚了揚，說：「姐姐別擔心，將來你追求自己幸福時，我保護你，看誰敢欺負你，哼！」

曉晴說：「我才不擔心呢，我不會吊死在一棵樹上的。」

芬絲站了起來，用欽佩的眼神看着曉星：「哇，曉星神探好神勇啊！真不愧是我偶像。來，抱抱！」

「啊，免了！」曉星嚇得直往小嵐身後躲。

「好啦好啦，你們別鬧好不好！」小嵐發起小脾氣來了，「你們知不知道事態嚴重？今天了解到的全是壞消息！美姬公主真是因為漢斯王子而死的，素姬公主也是因為漢西王子而失蹤的，表面證據都對烏隆國不利。就剩下明天了，明天再查不到新的情況，那兩個國家又會打起來了！」

其他三個人見小嵐生氣，都乖乖地坐了下來。

芬絲唉聲歎氣地說：「打起戰來，其實對誰都沒有好處。不是有一句話叫玉石、玉石什麼焚的嗎？」

「玉石俱焚。」曉星提醒着。

「對，玉石俱焚！神探懂得真多。」芬絲欽佩地看着曉星，嚇得曉星又縮到小嵐背後，生怕她又有什麼熱情行為。

小嵐想了想，說：「我想去祭掃一下美姬公主的墳，還想見見那位守墓的忠心侍女雪莉。她跟隨公主多年，說不定能提供新情況。芬絲，美姬公主的墳墓在哪裏？」

芬絲回答說：「我只知道在公主河邊，但並不知道具體在什麼地方。」

「公主河邊？」小嵐有點奇怪，「他們不是有個國家永遠墓園嗎？為什麼美姬公主沒有葬在那裏？」

芬絲有點傷感地說：「因為王室認為，自殺是一種不能原諒的行為，所以多年前就訂立規矩，自殺死亡的王族成員不能享有埋在國家墓園的權利。葬在公主河邊，是美姬公主在遺書中為自己選擇的。」

「公主葬在公主河邊，好淒美！」曉晴說時，自己也一臉哀怨，大概她把自己代入進去了。

「是呀，美姬公主真慘！」芬絲歎着氣，又問，「小嵐公主，您打算什麼時候去？」

小嵐說：「明天我要到烏隆國去了，只能今晚去。」

「不可以！」芬絲臉上露出恐懼，「不能晚上去，那裏晚上常鬧鬼呢！」

「鬧鬼？」小嵐很驚訝。

芬絲說：「是呀！聽說自從美姬公主死後，每到有月亮的晚上，都會有個女人在公主河邊唱歌，那歌聲很淒涼，很恐怖，令人毛骨悚然。」

曉晴害怕地說：「小嵐，我們別去了。」

曉星說：「姐姐，這世界上只有一種鬼。」他一邊說一邊朝曉晴扮鬼臉。

曉晴忙問：「什麼鬼？」

曉星哈哈大笑：「膽小鬼！」

曉晴生氣地捶了他一拳：「小壞蛋！」

曉星說：「有人在河邊唱歌有什麼奇怪？可能是路過的人，也可能是那個侍女雪莉，她一個人看守墳墓有點害怕，所以唱歌給自己壯膽。」

芬絲搖頭說：「不，曉星神探你有所不知。自從美姬公主投河自盡之後，就沒有人敢在晚上去公主河了。至於雪莉，她根本是個五音不全的人，她根本不會唱歌。」

「竟有這樣奇怪的事？」小嵐興奮地眨着眼睛，「芬絲，聽你這麼一說，我就更有興趣晚上去一趟公主河了。」

芬絲臉有難色：「公主，這……」

小嵐說：「你不敢去？行，你把路徑告訴我，我自己去。」

曉星說：「小嵐姐姐，我跟你一塊兒去！」

「怎麼，你們真要去呀！」曉晴苦着臉，想了一會才硬着頭皮說，「好吧，我們三個人是一塊兒的，我就捨命陪你們去吧。」

曉星一拍胸口，說：「姐姐，我保護你好了。什麼衰鬼壞鬼傻鬼無用鬼討厭鬼，統統打走！」

「小嵐公主，曉星神探，你們太英勇了，太令我感動了。好，我現在就帶你們去公主河。」芬絲一副準備赴湯蹈火的樣子。

小嵐吩咐說：「你們記住，千萬別跟其他人洩露我們今晚夜探公主河的事。如果讓阿齊齊國王知道，他怕有危險，一定不許我們去，或者會派許多人跟着。那樣我們就休想查到什麼了。」

吃完晚飯，小嵐和曉晴曉星就十分張揚地回房間了，之後又在門口掛上了「請勿打擾」的牌子。侍應們都以為他們早早就睡下了，也就只是在走廊守候着，以準備貴賓們隨時召喚。

等到天全黑了，小嵐三個人便從所住的二樓陽台上爬了下去，跟等候在轉角處的芬絲會合，逕往公主河去了。

芬絲告訴小嵐他們，公主河之所以得名，是因為有個傳說故事：很久很久以前，一個公主因為丈夫戰死了，她跑到河邊，哭了三天三夜，最後跳河自盡。後來，人們就把她葬身的這條河叫做公主河。

公主河，很美麗的名字呢！但由於它因一些悲慘的故事而起，又加上夜半歌聲的鬼傳聞，所以就令人有點

悚然的感覺。

一行四人沿着河邊一路走着。夜幕降臨了，茫茫暮靄把公主河籠罩起來，這時候，此起彼伏的「呱呱呱」的聲音瀰漫在黑沉沉的河面上。

曉星大驚小怪地說：「哇，誰在公主河上養了這麼多鴨子？」

「鴨子？」曉晴說，「哪裏有鴨子？」

曉星說：「你沒聽見嗎？呱呱呱，全在叫。」

曉晴說：「笨蛋！那是青蛙叫。」

「你才笨蛋呢，明明是鴨子嘛！我去過動植物公園，那裏的池塘上就有幾隻鴨子，牠們叫起來就是這樣的。」曉星胸有成竹的樣子，還說，「小嵐姐姐，芬絲，你們說是不是鴨子？」

誰知道，小嵐硬繃繃地答了一句：「是青蛙！」

芬絲也一副幫理不幫親的口吻：「對不起曉星神探，確實是青蛙。」

「不，是鴨子。你們糊弄我！」曉星還死撐着。

「曉星先生，請看看！」小嵐用手電筒照照河邊。

隱約看見河邊石頭上蹲着三四隻青蛙，正在鼓起腮幫子，一下一下地叫着：「呱呱呱，呱呱呱……」

「你們真是無聊透頂，竟在這裏裝鴨子！」曉星輸了，臉上掛不住，便裝模作樣地指着那些青蛙，教訓着。

「哈哈哈！」女孩們笑瘋了。

「有人明明錯了又死不認輸！這些青蛙可真冤枉啊！」曉晴揶揄説。

「我沒有錯！是牠們在這裏學鴨子叫，騙了我！」曉星直着脖子不肯認輸，「你們欺負我，不理你們了！」

曉星説完，自個兒在前頭走着。

夜色越來越濃了，到處都看不到一點亮光，樹葉在發出「沙沙」的響聲，有時像腳步聲，有時又像低低的耳語。遠處有一隻貓頭鷹在叫喚，聲音十分淒厲。猛地，又見到不遠處成羣的烏鴉飛起，發出啞啞的叫聲，像看見了什麼可怕的東西。

曉星不由得害怕起來，他慌忙折回，還緊緊地握住了小嵐的手。

四個人一聲不響地走着，周圍太靜，他們連自己的呼吸聲都聽得見。

「哎喲！」忽然，聽到芬絲叫了一聲。

其他人都嚇了一跳。曉晴更是聲音顫抖地問：「什麼事？什麼事？」

黑暗中只知道芬絲蹲了下去，小嵐忙問：「怎麼啦？」

芬絲帶着哭腔說：「腳扭了。好痛啊！」

小嵐蹲下，用手電筒照了照：「哪裏痛？」

芬絲指了指腳踝。

小嵐把手電筒交給曉星：「你替我照着。」

小嵐用指頭輕輕壓了壓芬絲的腳踝。芬絲馬上殺豬般喊了起來，似乎痛得很厲害。

曉晴本來就不想半夜三更去掃什麼墓，一見芬絲扭傷腳就馬上順水推舟地說：「那我們回去好了，沒有她帶路，我們也沒法找到公主墳。」

「不行！我們都走了這麼遠的路，相信目的地不遠。再說，我們沒時間了。」小嵐想了想，又說，「這樣吧。曉晴，你陪着芬絲留在這裏。我和曉星去公主墳，回來時再接回你們。芬絲，你給指個方向，我們自己去找。」

曉晴說：「不，就我跟她？要是黑暗中走出個什麼可怕東西，怎麼辦？」

「沒用鬼！」小嵐罵了一句，「要不你

跟我去公主墳，曉星留在這兒。要不你留下來照顧芬絲，曉星跟我去公主墳。請選擇，我數三下，一……二……」

曉晴到底比較害怕去公主墳，趕緊說：「好吧好吧，我留下就是。」

小嵐和曉星繼續向前走去，走了幾十米遠，還聽到曉晴和芬絲拌嘴的聲音：

「都是你，走路不帶眼。忙幫不上，還連累別人！」

「什麼呀，我也不想的。人家小嵐公主和曉星神探都沒怪我，就你最沒同情心……」

小嵐聽了真有點哭笑不得：「這些女孩子呀，就是小心眼！」

她倒忘了，自己也是個女孩子。

第9章　夜半歌聲

小嵐和曉星按芬絲指的方向，繼續往前走，幸虧這時月亮出來了，這讓他們走起路來順暢了點。大約走了十來分鐘，曉星突然停下腳步：「小嵐姐姐，你聽，好像有聲音。」

小嵐側耳傾聽，果然，從公主墳的方向，隱隱約約傳來什麼聲音。那聲音尖尖的，聽起來有點刺耳，在這寂靜的夜裏顯得十分怪異和詭秘。

莫非，這就是芬絲所說的，半夜鬼唱歌！

小嵐捏緊了曉星的手，兩人繼續向前走。

聲音越來越清楚，有人在唱歌，是個女人呢！她唱歌時用的是當地方言，所以聽不清楚歌詞，只是覺得調子十分哀怨，讓人聽起來有一種想落淚的感覺。

歌聲突然中斷，接着變成一陣令人毛骨悚然的哭泣。

「鬼哭！」曉星怕得直往小嵐身上靠，連膽大包天的小嵐，也都嚇得心在撲通撲通地猛跳。

曉星問：「小嵐姐姐，還要繼續向前走嗎？」

小嵐硬着頭皮說：「要！不入虎穴，焉得虎子。」

兩人繼續前行。

突然，兩人猛地停了下來。他們看見，距離七八米遠的草地上，站着一個身穿黑衣、披着黑色披風的人。

雖然看不見臉容，但是從那身形和姿態，可以看出是一個女子。

小嵐的心撲通撲通的，幾乎要跳出胸腔。那身影應該就是剛才唱歌的女子！

那女子似乎也看見了小嵐他們，她顯然也很吃驚，只是愣愣地站着。

小嵐大聲問道：「你是誰？」

曉星聲音顫抖地問：「你是人是鬼？」

突然，那女子一轉身，拔腿就跑。

小嵐心想，可不能讓她跑了。於是拉了曉星一下，說：「追！」

那女子跑得並不快，小嵐邊追邊叫道：「別走好嗎？我們不是壞人。」

那女子猶豫了一下，大概覺得小嵐和曉星兩個孩子真的不像壞人，於是停了下來。她拉了拉披風，又把搭在背後的帽子拉上來扣在頭上，好把自己遮得更嚴密一點，然後轉過身來。

她整個人都被包裹在披風裏，只露出了一雙眼睛。那雙眼睛很大、很黑，裏面充滿了警惕。

小嵐怕再嚇跑她，便用親切的聲音對她說：「姐姐，讓你受驚了，真對不起！不過，我們並沒有壞心眼。我叫小嵐，他叫曉星，我們是遊客，因為同情美姬公主的遭遇，特地連夜來公主墳憑弔一番。」

女子沒吭聲。

小嵐又問：「請問姐姐尊姓大名。為什麼半夜裏一個人呆在這公主河邊。」

女子沉默了好一會，才說：「我是給美姬公主守墳的。」

由於她捂着臉，說話也有點甕聲甕氣的。

「啊，你就是雪莉？我聽過你的事。公主去世後，你主動要求看守公主墳，你真是一個重情重義的人。」小嵐十分高興，「我有一個請求，能帶我們去拜祭一下公主墳嗎？」

雪莉沒說話，只是往旁邊挪了幾步。

在她身後，有一個小小的、白色的墳墓。

小嵐明白了，那就是埋葬美姬公主的地方。

小嵐在四周採了一些鮮花，放在墓前，然後和曉星一起恭恭敬敬地鞠了三個躬。

小嵐心裏很是沉重。聽芬絲說過，自殺的皇室人員不能在皇家墓園下葬，只能另擇地方簡單埋掉，但沒想到會是這麼隨便。

唉，為什麼要選擇輕生呢？死絕對解決不了問題，反而令自己白白失去寶貴生命。如今孤零零埋在這裏，連個墓碑都沒有，實在令人唏噓。

小嵐心裏歎息一番，又跟雪莉說：「謝謝你，忠心的雪莉。要不是你，我們就沒法找到公主墳，沒法向公主致意。」

雪莉說：「其實我也要謝謝你們。你們是外國人，竟然對我們公主有這份心、這份情，我代表公主，向你們致謝。」

「姐姐別客氣。」小嵐說，「我很好奇，想知道你們兩位公主的故事，還有烏隆國那兩位王子，真是那麼糟糕的人嗎？」

雪莉好像不想接觸這個話題，她說：「夜深了，你們快回去吧！這裏常有毒蛇出沒，給牠咬一口就麻煩了。」

正在這時，忽然聽到有人大聲喊道：「謝天謝地，終於找到你們了！」

小嵐一看，咦，竟是曉晴和芬絲。

「你們不好好呆在那裏，來幹什麼？」

「我們兩個人留在那裏，我害怕，芬絲也害怕，都怕得抱作一團了。後來芬絲的腳活動了一下，又能走了，我們就馬上來找你們。」曉晴突然發現了雪莉，「咦，這是誰呀？」

芬絲突然尖叫起來：「啊，是雪莉！是你，我認得這黑披風，這是美姬公主用過的。」

雪莉沒哼聲，只是用手拉拉帽子，把臉遮得更加嚴密。

「啊，真的是你！」芬絲激動地說，「自從公主去世以後，我就沒見過你了，你好嗎？」

雪莉好像不大願意跟她說話，轉身走了。

「雪莉，別走，別走！」芬絲追上去，可是她畢竟有腳傷，雪莉早走出十幾步遠了。

小嵐正想追上去，忽然聽得前邊雪莉尖叫一聲：「蛇！」

小嵐一聽，馬上俯身撿起一根粗大的樹枝，猛奔過去。

「蛇在哪？」小嵐舉着樹枝四處察看，卻沒看見。她回身來看雪莉，卻見她坐在地上，渾身打顫。

「你怎麼樣了？」小嵐關切地問。

雪莉沒說話，只是用顫抖的手指着腳踝。

小嵐知道事情不妙，急忙替雪莉褪下襪子，又用手電筒一照。啊，只見她的腳踝向上一點的地方，有幾個細細的深深的齒印，而齒印的四周，已經開始發黑和腫脹。

小嵐喊了起來：「糟糕，你被毒蛇咬了。」

剛趕到的曉星一聽嚇壞了，忙問：「毒性厲害嗎？有生命危險嗎？有得治嗎？」

這時芬絲和曉晴也趕到了。

芬絲一見雪莉被蛇咬，馬上顯得驚慌失措：「我早前剛看過一本偵探小説，裏面講一個壞人放蛇害人。書裏提到毒蛇的毒素會直接攻擊人的神經系統及肌肉系統，還有可能導致呼吸系統障礙、肌能麻痹，最後會痛苦地死去。」

芬絲越説越驚慌，竟號啕大哭起來：「雪莉，你不能死啊！」

「芬絲，你住嘴！」小嵐生氣地喊了一聲，「事情並沒有那麼糟糕，你再亂嚷嚷，阻礙救治，就真的治不了啦！」

曉晴也對芬絲怒目而視：「是呀，你別瞎鬧騰。

小嵐懂急救，她自會處理。我們讓開一點，讓小嵐做事。」

小嵐對曉星說：「你的褲帶是不是有彈性的？」

曉星點點頭：「是呀！」

小嵐說：「那快解下來給我。」

「好！」曉星趕緊解下腰帶，交給小嵐。

小嵐細心察看雪莉的傷口，然後把腰帶纏在離傷口五六厘米處，再緊緊紮好。

曉星好奇地問：「這樣做有什麼作用？」

「可以阻止靜脈血和淋巴液回流。」小嵐又問雪莉，「你還覺得哪裏不舒服？」

雪莉有氣無力地說：「頭痛得厲害。啊，天哪，我的眼睛，眼睛看東西怎麼這樣模糊？」

小嵐知道雪莉情況頗嚴重，得儘快送醫院對傷口作處理。她蹲下身子，對雪莉說：「來，我馬上背你到最近的醫院。」

「不，我不去！」雪莉頓時變得激動起來，她猛地推開了小嵐。

小嵐勸道：「咬你的蛇毒性很強，你的傷口必須儘快作出處理。」

「我不去醫院。死也不去！」雪莉顯得十

分執拗，說着說着竟哭起來了。

「好好，不去，不去醫院！你千萬別激動。那會讓蛇毒加速散發的。你躺下，好好躺着。」小嵐安慰着，扶着雪莉躺下，「好吧，你不願意去醫院，我也不勉強你，我來替你處理傷口吧！」

小嵐讓雪莉盡量躺得舒服些，然後捧起她的傷腳，把嘴巴湊上去。

「啊！不行！」大家都驚叫起來。小嵐要替雪莉吸蛇毒呢！

小嵐到底是金枝玉葉的公主啊，怎能做這樣的事。弄不好也中了毒……

可是，小嵐一點不理會他們的阻撓，已經開始去吸雪莉傷口的毒液了。

大家都睜大眼睛，大氣都不敢出一下，緊張地看着小嵐。雪莉不知道小嵐是什麼人，但見到一個萍水相逢的人，竟然不怕髒不怕危險為自己吸走毒液，感動得熱淚盈眶。

一口，兩口，三口，小嵐不斷地吸着，又一口一口地吐出發黑的血水，由於累，由於緊張，她的臉色變得蒼白。

過了一會兒，小嵐看看吸得差不多了，才停了下

我去採點去腫消毒的草藥，給你敷上，這樣就萬無一失了。
謝謝你！

來。大家都眼睜睜地看着她，生怕她有什麼事。

「喂，幹嗎全都傻乎乎地看着我。我沒事，放心好了！」她又對雪莉說，「我去採點去腫消毒的草藥，給你敷上，這樣就萬無一失了。」

雪莉一把拉住小嵐，哭着說：「謝謝你！」

小嵐拍拍她的肩膀，說：「別客氣！好好躺着，我很快就回來。」

曉星趕忙說：「小嵐姐姐，我幫你！」便跟着小嵐去了。

小嵐很快在河邊找到了草藥，指點曉星去摘。曉星一邊摘一邊說：「小嵐姐姐，你真厲害，可以做醫生了。」

小嵐說：「我只是從萬卡那裏學了點皮毛而已。」

曉星笑嘻嘻地說：「原來是名師出高徒。萬卡哥哥讀醫科時曾經拜中國一位著名老中醫為師，醫術了不起呢！小嵐姐姐，不如你也收我做徒弟好了。」

「沒問題，曉星小徒弟。來，快替我摘了這幾棵草藥。」

「是，師傅！」

第 10 章　她是誰？

小嵐和曉星很快就採了一大把草藥回來，小嵐用手把草藥揉爛，然後細心地敷在雪莉的傷口上。她對雪莉說：「你腳上的毒液大部分都吸出來了，現在再敷上草藥，你會很快沒事的。」

雪莉含着眼淚看着小嵐忙碌地做着一切，說：「小嵐，我不知該說什麼感激的話才好。」

「小嵐公主，您真的令我感動。您可是個金枝玉葉的公主啊，竟然可以這樣不顧危險去救雪莉。」芬絲眼淚汪汪的。

雪莉驚愕地問：「怎麼，我沒聽錯吧？小嵐是公主？」

芬絲說：「是的，她是烏莎努爾公國的公主啊！」

「啊！你、你是烏莎努爾的公主？烏莎努爾，一個在世界上舉足輕重的大國，這個國家的公主，是何等尊貴，但竟然肯為一個素不相識的人以身犯險，吸出毒液……」雪莉不敢相信，「芬絲，你別信口開河！」

芬絲委屈地說：「我可是絕無半點謊

言。」

小嵐笑着説：「芬絲沒説謊，我確實是烏莎努爾的公主。不過，我覺得自己只是做了一件應該做的事罷了。作為一個公主，更應該以一顆善良的心，去愛人、去幫助天下百姓……」

這時候，曉星插嘴說：「小嵐姐姐，雪莉謝你是應該的，我都覺得你很偉大！不是每一位公主都跟你一樣善良、一樣為天下百姓着想的。就像美姬公主，就一點也沒有為百姓着想。」

「這個小弟弟，你言重了吧！怎能這樣説美姬公主呢？」雪莉好像對曉星的話有點不滿。

曉星説：「我一點沒説錯。因為公主的死，胡陶和烏隆兩國的友好關係從此完了，現在還打起仗來……」

雪莉大驚：「什麼？打仗？」

曉晴睜大眼睛，訝異地説：「雪莉，你好像生活在另一個世界。難道你不知道，阿齊齊國王已在幾天前向烏隆國宣戰了！」

雪莉大驚失色：「真的？我一直深居簡出，根本不知道發生了這樣的事。」

芬絲説：「雪莉，你真閉塞，這樣大的事竟然不知道。雙方槍戰都有三天了，我們都挺擔心的。我們真不想打仗啊！」

曉星說：「幸虧我們小嵐姐姐挺身而出，爭取停戰兩天，在兩國之間進行調停。希望在這兩天裏找到有利的線索，讓兩個國家和好。」

曉晴聳聳肩，說：「不過，看來這回是白忙了一場，得到的全是壞消息。」

大家只顧講，沒注意到雪莉的神情越來越怪異。忽然，她用披風捂着臉，歇斯底里地哭了，一邊哭，一邊站了起來，朝公主河跑去。

大家都大眼瞪小眼，不知她想幹什麼。

小嵐首先醒悟過來，她大喊一聲：「不好，她想跳河！」

啊，不會吧！她為什麼要跳河呢？其他幾個人都迷惘極了，呆呆地站着，竟忘了去追雪莉。

小嵐已追了上去，就在雪莉縱身要往河裏跳時，一把將她拉住了。

雪莉用力掙扎着：「你別管我。我是一個不祥人，活着毫無建樹，死了也連累別人，你讓我跳進公主河，一死以謝天下……」

小嵐大聲喊道：「難道你還想逃避嗎？難道你還要置百姓的生死於不顧，繼續做一個不負責任的人嗎？現在，能制止兩國戰爭的人，就只有你美姬公主了！」

剛跑過來的曉星曉晴聽到了小嵐的話，大吃一驚。美姬公主？小嵐怎麼啦，竟然把雪莉叫做美姬公主。美姬公主不是死了嗎？

奇怪的是，雪莉停止了掙扎，呆呆地看着小嵐。

一片死寂。好一會兒，雪莉慢慢地揭下了一直蒙在頭上的帽子。

「雪莉，你為什麼要跳河呀？你沒事吧？」這時芬絲也一拐一拐地跑來了。突然，她驚叫起來，「你、你不是雪莉！你是……美姬公主！」

雪莉沒理會芬絲，她一把拉着小嵐的手，說：「小嵐，我真的還能將功補過嗎？我可以制止這場戰爭嗎？」

小嵐懇切地點點頭，她挽着美姬的胳膊：「來，美姬，我們坐下來好好談談。」

美姬順從地跟着小嵐，大家圍成一圈，坐在草地上。

「美姬公主，您怎麼沒死？您怎麼活了？墳墓中埋的是誰？」芬絲激動得語無倫次。

曉晴喜笑顏開：「這下好了，美姬公主沒死，那問

題就好解決多了！」

曉星拍着手掌：「哇塞，死而復生，真像小說裏的情節！」

小嵐用鼓勵的眼神，看着身邊的美姬。

「你說得很對，我不能再逃避了，我不能再任性了。」美姬公主含着眼淚，對小嵐說，「但是，我不知道會弄成這樣子的啊！我沒有想到，父親因為要報復烏隆國，竟然發動侵略戰爭禍及百姓……」

小嵐溫柔地拉着她的手：「我明白，你也不希望事情發展成這樣。你把一切告訴我好嗎？希望我能幫助你，幫助兩國平息戰火。」

美姬說：「我自出生便是金枝玉葉的公主，父親只有我和素姬兩個女兒，我們集萬千寵愛在一身。我好強，素姬溫順，所以整個王宮裏，我向來說了一，沒有人敢說二。我很驕傲，從來沒有把任何一個男孩子放在眼裏，在我眼中，他們都是些大笨蛋。素姬跟漢西談戀愛，我當初堅決反對，因為我覺得他配不上素姬。跟漢斯的接觸源於我想棒打鴛鴦，拆散妹妹跟漢西，而漢斯卻是他們的守護神，為此，我們水火不相容，常常吵得不可開交。」

曉星說：「我知道了，有句話叫『不是冤

家不聚頭』，你一定是吵呀吵呀，慢慢就愛上漢斯王子了。」

「正是。我愛上他了。而漢斯也對我很好，我們在加麗湖邊度過了許多快樂的時光。」美姬眼裏流露出無限溫情，「父母知道我心事後，也很贊成我跟漢斯好，於是他們主動去向阿力士國王提親。我一直以為，只要我喜歡，這事沒有辦不成的。誰知道，阿力士國王拒絕了這門親事，因為漢斯王子已經有一個指腹為婚的未婚妻了。」

曉晴無限同情地看着美姬：「這對一個驕傲的公主來講，的確是一個巨大的打擊。」

美姬說：「是呀。這消息對我來講，簡直是一個晴天霹靂。自出娘胎，還從來沒有我得不到的東西，從來沒有人敢向我說『不』。我既恨漢斯欺騙了我的感情，又恨阿力士國王傷害了我的自尊心。一下子想不開，就一個人出走，跑到了公主河邊。我想，我要以死來控訴漢斯，我要通過毀滅自己，去報復漢斯，讓所有人跟我一樣恨他，讓他一生一世良心受責、不得安寧。我也要阿力士國王承受傷害我的後果，因為我國現代科技遠比他們發達，他們許多發展項目，都要靠我們技術上的支援，我要讓他們知道，傷害我要付出沉重代價。於是，我狠狠心就跳進了公主河。」

「啊！」芬絲尖叫一聲，驚慌地看着美姬，「原來你真的跳了河，那你……你是人是鬼！」

小嵐說：「別打岔，好好的一個人坐在你面前，還鬼啊鬼的，迷信！美姬，你繼續說。」

「當我快要沉入水底時，有個人跳進河裏救了我，她就是雪莉。雪莉把我背到一間棄置的守林人的小木屋裏，她日夜守着我，勸我不要輕生。雪莉讓我很感動，我不再尋死了，但是，我對一切都已心灰意冷，我不願意再見任何人，我只想一個人靜靜地生活，靜靜地走過餘生。於是，我寫了一封遺書，讓雪莉交給父親，又讓雪莉充當目擊證人，說親眼見我投了河。然後，我叫雪莉提出守墳的要求，這樣，我和雪莉就可以住在這人跡罕見的大森林裏，靠宮中定時送來給雪莉的食物和日用品活下去。我就這樣過着與世隔絕的生活，我努力去淡忘一切，讓時間去磨平我的痛苦。雪莉一直伴陪着我，不時給我帶來外面的消息。一個星期前，雪莉鄉下的母親病重，雪莉回去看她了，我一個人不敢到處走，所以，外面發生了什麼事都不知道，更不知道原來父親向烏隆國發動了戰爭。」

小嵐說：「其實，你父親發動戰爭，不單

是因為你，有一半是因為你妹妹素姬。」

美姬大驚：「素姬？素姬怎麼啦？」

「她幾天前失蹤了。」

「啊！天哪，為什麼？」

小嵐把幾天來聽到的有關素姬的事，告訴了美姬。

美姬傷心地說：「都是我不好，要不是因為我，父親就不會阻撓她和漢西談戀愛，他們會很幸福的。」

小嵐問道：「你對素姬失蹤的事怎麼看？她現在會躲在哪裏？你是她姐姐，你一定會了解她。」

「這事我有點困惑，因為不像妹妹平日所為。阿力士國王說發現了素姬約漢西離家出走的電郵，我覺得更不可信。因為她從來都是個乖女孩，她絕對不會主動約漢西王子離家出走的。即使她為了追求愛情，真的離家出走了，以她一向善良的性格，當知道父親因為我們姐妹倆的事向烏隆國開戰時，也一定會出來阻止……」美姬說到這裏，突然想到了什麼，臉色一變，「天哪，莫非她出了什麼意外？！」

小嵐一怔，美姬竟也猜想素姬出了事。但她還是安慰美姬說：「別擔心，她不會有事的。或者她跟你一樣，因為什麼原因並不知道外面發生了什麼事。我還有一天時間，我會繼續查探素姬的消息的。」

美姬憂心地說：「那就拜託你了，小嵐。你問素姬會躲在哪裏，說實話我也不知道。她自小在宮裏長大，我們的親戚全在宮裏住，她要找地方落腳，那只能是旅館酒店。」

「別擔心。據我所知，出事以後，你父親雖然和阿力士國王開戰，但也同時在全國範圍內尋找你妹妹他們，只要他們還在國內，早晚會找到的。」小嵐拉着美姬的手，懇切地說，「美姬，你父親見到你還活在世上，一定很高興。你願意跟我一塊兒去見阿齊齊國王嗎？」

「這……」美姬低頭不說話。

真沒想到，美姬在這緊要關頭又猶豫起來了。

「我……」美姬說，「我已經習慣了現在的生活，不想再見任何人。小嵐，你還是想辦法找到妹妹吧，這樣，沒有我的出現，父親也會停火的。」

「哎呀，美姬公主你不能這麼自私的。」曉晴急得頓腳，「還剩下一天時間，萬一找不到素姬公主，那我們就沒法制止戰爭了……」

「美姬姐姐，你還恨漢斯王子？還想繼續懲罰他？」小嵐看着美姬。

「其實，這些日子我都想通了，我不想再

恨任何人。」美姬輕輕歎了口氣，她小聲說，「就讓漢斯以為我死了吧！時間會沖淡一切，他慢慢會忘掉這件事的。要是他知道我還活着，他跟葛婭公主是不會有幸福的。我一個人痛苦，總比三個人痛苦好。」

小嵐歎息着說：「美姬姐姐，沒想到你還這麼為漢斯王子着想！」

美姬又說：「這樣吧，明天下午我在姻緣石等你，要是你仍然沒有素姬的線索，我會考慮跟你去見父親。但是，在這之前，你們不能透露我活着的事。」

小嵐說：「好，我答應你。那明天下午我去姻緣石找你，不見不散！」

第11章　兩封電郵的疑惑

小嵐等人回到國賓館時，已經是第二天早上。還沒來得及休息一會兒，阿力士國王就來接他們去烏隆國了。他們被安排在國賓館的總統套房。

烏隆國的總統套房跟別國大同小異，都是非常的豪華、非常的美輪美奐，盡量向入住的元首們顯示着本國的經濟實力和建築藝術的高超。一向對什麼都好奇的曉星沒有表示大驚小怪，也許自從小嵐成了公主以後，他跟隨着，已經在不同國家住過各種各樣的總統套房，所以他已不再感到新鮮了。

小嵐對阿力士國王說：「對不起，我們昨天因為查案，一夜沒睡，現在得休息一會兒。麻煩您安排一下，我想上午十點見見漢斯王子。」

阿力士國王說：「行！我叫他來找你就是。」

小嵐說：「謝謝您！」

阿力士國王有點慚愧地說：「你一個局外人，如此熱心來幫我們，真令人感動。那天的調停會，我實在太衝動了，真對不起！」

小嵐趕緊說：「沒關係，我理解！」

「你小小年紀還蠻懂事的呢！可惜我那兩個兒子，盡幹蠢事，老給我找麻煩！要是我有你這麼一個懂事的女兒就好了。」阿力士國王歎了口氣，說，「那你們休息吧，我讓人九點四十分來喊你們起牀。漢斯會十點準時到。」

「謝謝國王陛下。再見！」

阿力士國王走了以後，小嵐一轉身，只看見一臉疲態的曉晴，曉星早已不見人影了。

聽到最靠近客廳的一個房間傳出鼻鼾聲，推開房門一看，哇，原來是曉星！他成「大」字型的躺在牀上，已呼呼入睡。

兩個姐姐直搖頭。身上這麼髒都可以睡得安寧，只有這些傻傻的小男生才幹得出來。

小嵐對曉晴說：「你快去洗個澡，然後休息吧。」

「好！」曉晴打了個呵欠，她又叮囑小嵐說，「等會兒一定要叫醒我呀！我也要見見漢斯王子，看看這位令到美姬這樣傷心的人長得怎麼樣。」

她走了幾步，又回頭說：「記住啊！」

「好啦好啦！」小嵐不耐煩地瞪了她一眼，「真八卦！」

小嵐因為心裏有事，沒等Morning Call，她的生物

鐘就起了作用，九點三十五分就醒來了。

還有二十幾分鐘就要見漢斯王子，自己洗把臉換件衣服就行，曉星一向做事快捷，就曉晴最麻煩，梳妝打扮要費不少時間，所以小嵐首先去叫她。

「喂，起牀啦！」小嵐拍拍曉晴的臂膀。

「別煩我，睏死啦！」曉晴哼哼了兩聲，一把推開小嵐，一轉身又睡了。

小嵐鼻子哼了哼：「看不到帥哥，可別怨我呀！」

小嵐又去叫曉星。那傢伙更離譜，小嵐叫了幾聲，他連點反應都不給，仍舊「呼呼」地睡得很香。

小嵐想：「他們也太累了，讓他們睡個夠吧！反正，自己一個人見漢斯王子就行了。」

她迅速梳洗了一下，又換了衣服。剛在會客室坐定，有人來報，漢斯王子來了。

「有請！」她說。

漢斯王子進來了。他年紀約二十一、二歲，身材魁梧，走路時腰板挺得很直，很有點軍人風範。他長得頗英俊的，只是那雙眼睛有點憂鬱。

這眼神，小嵐在美姬眼裏見過。

外表給人印象不錯，挺正派的。他真的欺騙了美姬公主的感情嗎，還是另有隱情？

他為什麼憂鬱？因為對美姬的內疚？因為他間接引起了這場戰爭？

漢斯王子坐到了小嵐對面的沙發上，他坐的時候也腰板挺直，真像個標準的軍人。

「你當過兵？」小嵐好奇地問。

「是的，我大學畢業後，父親讓我去當了兩年兵。今年剛退役。」

「哇，我最崇拜軍人了。敬禮！」小嵐站起來，調皮地朝漢斯敬了個軍禮。

漢斯繃着的臉綻開了笑容。他慌忙站起來，給小嵐回了個很標準的軍禮：「謝謝！我也以自己當過兵為榮！」

「我也很想去當兵，吵了幾次，萬卡國王都沒答應，真氣人！」小嵐不無遺憾地說，「為了過一下當兵的癮，我只好每逢放假就去練射擊，或者打野戰、玩越野追蹤。我是玩追蹤的高手，誰也躲不過我的金睛火眼、逃不出我的五指山！我打槍還很準呢，有一次，我打十發子彈，竟拿了八個十環！」

小嵐說得眉飛色舞。

漢斯聽了很興奮：「真巧，我放假時也常去練槍和打野戰呢！我打得也不錯，等以後有空，我們去比賽比

賽。」

小嵐高興地和漢斯一擊掌：「太好了。我們一言為定！」

小嵐又説：「我可以叫你漢斯大哥嗎？」

「當然可以。」漢斯王子打心眼裏喜歡這個可愛又爽朗的小妹妹。

小嵐真誠地説：「漢斯大哥，你能給我詳細説説漢西王子跟素姬公主的事嗎？」

「當然可以！」漢斯王子毫不猶豫地說，「漢西跟素姬相愛，已經很久了，誰都覺得他們是天造地設的一雙。只可惜，自從美姬出事後，胡陶國便和我們斷絕了外交關係，阿齊齊國王再也不允許素姬跟漢西繼續來往。我父親很生氣，也嚴厲地制止弟弟再找素姬公主。父親為杜絕弟弟偷偷跟素姬約會，還給邊境關卡下了命令，不許漢西出境，所以，他們只能利用電子郵件或MSN每天交談。前幾天，即五月十五日，晚飯時不見了漢西，聽守衛説，他一早出宮去了，一直沒回來。我們正在着急，阿齊齊國王就打電話找我父親了。他在電話裏把我父親痛罵了一頓，説美姬一大早出去就再沒有回去。後來，他們在美姬的電子郵箱裏發現了漢西的信，信中說漢西約素姬在姻緣石見面，並要素姬跟他一塊兒離家出走。阿齊齊國王說我弟弟拐走了他女兒，說如果我們不交人，就要攻打我國。我父親也不客氣，兩個人在電話裏唇槍舌劍，對罵起來，最後以我父親摔了話筒告終。聽阿齊齊國王說要攻打我們，我還以為他只是嚇唬一下，沒想到，第二天他就調動軍隊，在邊境向我國開槍掃射……」

小嵐問：「阿齊齊國王說漢西王子拐走了素姬公主，你怎麼看？」

漢斯說：「這肯定不是事實。在漢西的電子郵箱裏，我們發現了素姬公主寫給漢西的信，裏面內容是約漢西在十五號那天，在姻緣石見面，之後一塊兒出走的。」

小嵐說：「難道是阿齊齊國王說謊？」

漢斯說：「這個我不好說。但請你相信我，素姬的確寫了一封信給漢西，主動約漢西跟她一塊兒逃走。漢西失蹤後，我們讓電腦專家破解了他的電腦密碼，進入他的電子郵箱，那封信，我是親眼看到的。」

「漢斯大哥，我相信你！」小嵐真誠地看着漢斯，「但是，如果你沒說謊，那說謊的就是阿齊齊國王了。」

漢斯想了想，說：「但是，以我對阿齊齊國王一向

的了解，他又不大像那種會捏造事實的人。」

「如果你們兩國都沒有說謊，那就是說，這兩封郵件都的確出現在漢西和素姬的電腦裏。要真是這樣的話，你不覺得奇怪嗎？他們竟會同時寫信給對方，作出同樣的要求？」小嵐說。

漢斯露出困惑的神情：「也許……也許是他們心有靈犀吧。」

小嵐皺着眉頭說：「這兩封信的危害也太大了。它的出現，讓漢西王子和素姬公主失蹤了，令阿齊齊國王認定是漢西王子拐走了他女兒的，又令阿力士國王覺得阿齊齊國王顛倒黑白、混淆是非。我總覺得……」

小嵐沒再說下去。她想了想，又問：「這幾天，漢西王子一直沒有跟你們聯絡過嗎？」

漢斯王子搖搖頭：「沒有，連電話都沒有。父親已下密令，讓各省市的警衞廳派出人手尋找他，但暫時還沒找到。」

小嵐問：「他們會不會躲到國外去了？」

「不會。我們查過，並沒有漢西的出境記錄。」漢斯歎了口氣說，「我也不明白弟弟究竟怎麼想的，即使和公主出走，也應該給我們打電話報平安啊！而且，現在出了這麼大的事，他也應該帶公主回來，幫助平息這件事呀！」

小嵐說：「只有一個原因會這樣，就是他們被什麼人控制住了，想做也做不了。」

漢斯搖頭說：「不會呀！烏隆國和胡陶國的所有國民，都希望安居樂業，有誰會故意這樣做，弄得烽煙四起呢？」

小嵐突然想起了什麼：「啊，我記起來了，我聽當地人提過，在十五號，即漢西王子和素姬公主失蹤那天，雲頂山上發生過山火，他們會不會遇到什麼危險？」

漢斯說：「不會。我們查過，那只是一場很小很小的山火，很快就撲滅了，並沒有造成傷亡。」

小嵐說：「漢斯大哥，謝謝你提供的情況。我可以問一些有關你個人的問題嗎？」

「可以。」漢斯爽快地回答。

小嵐凝視着他，問道：「你有覺得對不起美姬公主嗎？」

「有！」漢斯王子毫不猶豫地回答，「我辜負了她。」

小嵐又問：「我覺得你不像是那種不負責任的人，但你為什麼自己已有未婚妻，還和美姬公主要好呢？」

「唉……」漢斯王子長歎一聲，「信不信由你，其實我並不知道美姬公主喜歡我的。她是個驕傲的公主，她以自己那種獨特的方式表示自己的愛。她老和我爭吵，我們一見面就吵得不可開交，為了她妹妹和漢西談戀愛的事，為了對某件事的看法，甚至為了些雞毛蒜皮的事，她都和我吵一通。所以，我心目中只把她當作一個固執的、可愛的、對我抱有很深成見的妹妹。直到阿齊齊國王夫婦來向我父親提出兩家結親的事，我才知道這個驕傲的公主愛上我了。」

小嵐想，這真是不折不扣的「不是冤家不聚頭」了。

漢斯王子把憂鬱的目光投向窗外：「我並不想傷害她，但實際上又的確傷害了她。她一個這樣驕傲的女孩，竟然被拒絕，那種打擊可想而知。」

小嵐好奇地問：「那請問一下，你到底愛不愛美姬公主？」

「我不想瞞你，我愛她。」漢斯王子眼裏的憂鬱更加濃重，「不知為什麼，她越跟我吵，越刁蠻，我就越喜歡她。其實我很想請父母去向她提親，只是因為礙於老一輩承諾的婚事，我不可以這樣做，也沒法這樣做。只是沒想到她父母主動來提親，

那請問一下，你到底
愛不愛美姬公主？
我不想瞞你，我愛她。

而我那個直腸直肚的父親，又一口拒絕，以致令她傷得那麼重，令她不想活在世上。」

小嵐又問：「那你愛那位葛婭公主嗎？」

漢斯王子顯得十分無奈：「我跟她總共見過兩次面，每次都是客客氣氣的，別說是愛情，連友情都談不上。我都不知道怎麼跟她過一輩子。」

「你有跟你父親談過嗎？阿力士國王是一個很通情達理的人哪！」

「可他這個人最重情義，最講信用呢！他答應過的事，是絕不會食言的。」

小嵐同情地看着漢斯王子，心想指腹為婚，父母之命，而不管當事人是否真正相愛，這太不公平了！

美姬和漢斯顯然互相愛着對方，得想法幫助他們。

「漢斯大哥，如果美姬沒死，你會怎麼做？」

「我會去求她原諒，懇求她好好活下去，說服她接受別的男孩子。直到她找到了自己的幸福，我才考慮自己的婚事。」

「漢斯大哥，你真是個有情有義的人。怪不得美姬公主會愛上你。」小嵐對漢斯說，「命運之神也許會給你一個理想結局的。」

漢斯眼裏又出現了剛見面時的那種憂鬱：

「謝謝你安慰我。但是，不會有理想結局了。」

「漢斯大哥，這世界有奇跡的。相信我。」小嵐朝漢斯伸出手，説，「謝謝你跟我説了心裏話。我下午還約了人，再見。」

漢斯看了看手錶，説：「都中午了，我請你吃飯，怎麼樣？」

小嵐這才覺得肚子咕咕作響，想想早上連早飯都沒吃呢，於是笑着説：「好啊！不過，我得叫上我兩個朋友。」

「行！」漢斯説，「我叫人去請他們。」

漢斯剛想打電話，有人敲門。

漢斯大聲説：「進來！」

門一開，原來是曉星。

「哇，小嵐姐姐，你怎麼不叫醒我呀！真是！咦，這位哥哥是誰呀？我猜猜，一定是漢斯王子。」

漢斯點頭微笑：「我正是漢斯。請問你是……」

曉星向漢斯伸出手：「你好，我是小嵐姐姐的好朋友，我叫曉星。」

漢斯説：「我聽父親提過。跟小嵐一塊兒來的，還有一男一女兩個可愛的孩子……」

「對，我就是那個可愛的男孩。」曉星高興得咧開

嘴笑。

「不害臊！」小嵐哭笑不得，「你姐姐呢？快叫上她，我們吃飯去。」

曉星一聽高興得大叫：「吃飯？哎呀太好了，我正餓得肚皮貼着後背呢！」

小嵐說：「瞧你那個饞樣，快去叫曉晴。」

曉星說：「嘿，你就別管她了。剛才我用小草去搔她的鼻孔，都沒能弄醒她。」

小嵐想想算了，曉晴平日嬌滴滴的，昨晚熬了一夜，也太累了，讓她睡好了。

吃完飯後，小嵐問漢斯要了一部車，自己開着，和曉星一塊兒上姻緣石去了。

「素姬找不到，現在就看美姬能不能說服阿齊齊國王了。只要阿齊齊國王肯停戰，就算停一個星期也好，那我就有更多時間去尋找素姬和漢西的下落了……」

小嵐一邊開車，一邊跟曉星說着。

第 12 章　喊賊捉賊

小嵐和曉星到達姻緣石時，美姬還沒到。

姻緣石前比昨天多了些人，大約有六七個，都是些青年男女。他們有的一個人在誠心地祈禱着，有的成雙成對、手拉手對着姻緣石海誓山盟。

咦，賣飲品的小攤檔也重開了，賣東西的是一位老伯伯。

小嵐走過去，買了一瓶礦泉水，又跟老伯伯搭訕：「伯伯，生意好嗎？」

老伯伯說：「還不錯啊！剛剛就有兩個男人來買了三十罐啤酒。」

兩個男人？買啤酒？小嵐愣了愣。芬絲曾經說過，十五號那天，有兩個男人也來向她買了很多啤酒。

「伯伯，那兩個人呢？走了多久？」小嵐緊張地問。

老伯伯指指不遠處：「喏，還沒走，在樹下坐着呢！」

小嵐看過去，見到有兩個男人坐在樹下歇腳。那兩人一個禿頭，一個長着長頭髮。

小嵐的心興奮得撲通撲通亂跳。芬絲講過，跟她買啤酒的男人也是一個光頭，一個長頭髮。

這就是十五號那天出現過的男人！

來這裏的人大多是對愛情充滿憧憬的年輕男女，這兩個大男人，一次又一次地來這裏幹什麼？還每次都買這麼多啤酒？

一定有古怪！

這時候，那兩個男人站起來了，一人提起一袋啤酒，往雲頂山上走去。

小嵐急忙找了塊石頭，在地上畫了個箭嘴，箭頭指着那兩個男人走的方向。然後拉拉曉星：「跟着那兩個男人。」

「他們偷了東西？」曉星見到那兩人都提着一袋東西，便自作聰明地問。

「不是！我懷疑他們跟小公主失蹤的事有關。」

「啊！」曉星兩眼瞪得大大的，不眨眼地盯着那兩個男人，「那我們快跟着！」

「小嵐。」這時候，有人在他們身後輕輕喚了一聲，是美姬來了。她仍舊披着那件連帽子的黑色披風，把身上和臉上遮得嚴嚴密密的。

「美姬，跟我們走！」小嵐拉着莫名其妙

的美姬，匆匆跟在那兩個男人後面，一邊走一邊講了自己的懷疑。

美姬聽了十分緊張：「我同意小嵐的看法，那兩個人的確值得懷疑。」

三個人輕手輕腳地走着，兩眼警惕地盯着前面那兩個人。

兩個男人離開姻緣石後，便拐上了一條山路。小嵐每到一個轉彎處，都在樹上或地上畫上箭頭。

山路上沒有一個行人。小嵐怕被那兩人發現，所以不敢跟得太接近。幸好那兩個人一路走一路喝啤酒，喝得有幾分醉意了，所以一點沒留意到後面有人跟着。

那兩人喝了酒，話多了起來。

「真沒勁！天天吃罐頭喝山泉水，吃得要反胃。幸虧長毛你懂門路，隔天就帶我來這裏買啤酒。貓在山洞裏的日子真難熬啊！」

那個叫長毛的説：「唉，這種日子都不知什麼時候才結束。原來説把那一男一女兩個年輕人綁架了，讓他們的國家打個你死我活，我們就可以完成任務了。誰知道，人家只打了幾天，就停了，不知道還打不打。要是他們這麼一直停戰，那我們是不是要看守那兩個人一輩子。光頭，我們可真倒霉啊！」

光頭說：「不會等很久的。我聽大姐大說，要是胡陶國和烏隆國不再打起來，就把他們的公主和王子殺了，給他們點厲害看。」

長毛說：「啊！這樣也太殘忍了吧！他們還這麼年輕，才二十上下吧。」

光頭說：「這叫父債子償。誰叫早前他們的父親抓了我們的兄弟，破壞了我們的組織。」

美姬聽了嚇得臉無人色：「天哪，他們說的肯定是素姬和漢西！他們要殺人滅口，怎麼辦？怎麼辦？」

小嵐想起，早前她從國際通訊社的新聞報道看到一則消息，阿齊齊國王和阿力士國王聯手破獲了一個國際性的恐怖分子組織，把他們中的大部分人繩之於法。一定是他們懷恨在心，設計綁架素姬和漢西，挑起兩國仇恨，讓他們自相殘殺。

她把自己的懷疑說了，美姬點頭說：「打擊恐怖分子的事我也知道，沒想到這些匪徒想出這樣的毒計，破壞兩國關係，借刀殺人。」

曉星不禁握緊拳頭：「他們這一招真狠啊！姐姐，我們一人打一個，把那兩個醉鬼打翻，救回公主和王子。」

小嵐說：「別輕舉妄動！你沒看見他們都

長得比我們高出一個頭嗎？我們只能跟蹤他們，等找到他們的藏人地點，就打電話通知阿力士國王和阿齊齊國王。」

美姬表示贊成：「小嵐說得對，我們不能打草驚蛇，那樣素姬和漢西會有危險！」

正說着，忽然，美姬的披風下襬被地上什麼鈎住了，她蹲了下去，但扯來扯去都扯不掉。曉星想過去幫她，卻不小心一腳踢在一個大樹樁上，他忍不住「哎喲」喊了一聲。

小嵐心裏想：這回壞了。

果然，那兩個男人聽到曉星的叫喊了，他們回過身來，看見了小嵐和曉星。

長毛喊道：「光……頭，那裏有兩個人！」

光頭馬上舉起槍，惡狠狠地說：「你們……是誰？乖乖地走……過來！要不……我……我要開槍了！」

他們講話都不利索，分明是喝多了。但是，可不能小看他們，因為他們手裏都拿着槍。

小嵐急中生智，小聲對還蹲在地上的美姬說：「別起來，盡量躲着。想辦法回去報信！」

她從口袋掏出了幾張紙幣，高舉着向那兩人走去，又做出一副天真樣子：「叔叔，你們剛才買啤酒，忘了

拿回我的錢了。」

曉星十分機靈，也跟着走過去：「是呀，我們是誠實孩子，來還你們錢的。」

那兩個人瞪大眼睛，長毛眼裏露出貪婪的光：「啊，有錢，錢！好啊，錢給我，給我。我們忘了找錢嗎？對，是忘了找錢。」

光頭一手拿了小嵐手裏的錢，塞進自己口袋裏：「這錢是我的！」

長毛問：「這兩個孩子怎……怎麼處理？」

光頭說：「不……不能讓他們跟着我們，把他們綁在樹上吧。」

長毛附和說：「好……好，綁在樹上。餵蚊子，餵……老鼠……餵……嘻嘻！」

要是真讓他們綁在樹上，那就糟了。小嵐朝曉星使了個眼色，說：「快跑！」

誰知道，剛跑了幾步，就讓那兩個男人一人抓一個，死死抓住了。

「哈哈……哈哈，你們想跑，跑不掉的！」光頭和長毛怪笑着。

小嵐和曉星正在着急，聽到附近有人走過的聲音，咔嚓，咔嚓，咔嚓……

曉星大叫起來：「救命啊！快來救我們啊！」

腳步聲轉向他們走來。見到了，那是一男一女。

小嵐也喊了起來：「快來抓住這兩個綁匪！」

長毛和光頭一見有人來，嚇呆了。小嵐乘機掙脫，又一把抓住長毛的手，說：「我抓住綁匪了，快來幫忙。」

曉星也摟住光頭的腰，說：「抓壞蛋！快抓住他們。」

可是這時候，一件令小嵐一輩子感到顏面無光的事發生了。

來的兩人中，女的很年輕，二十來歲模樣，另一個是三四十歲的中年男人。那女的對那中年男人說：「去，去抓住他們。」

小嵐和曉星十分高興，心想這回真是峯迴路轉啊！沒想到，那個中年男人走過來，一手抓一個，像老鷹抓小雞似的，把小嵐和曉星牢牢抓住了。

曉星掙扎着，嚷道：「喂，你們弄錯了，他們才是壞蛋啊！」

那兩個人，不，是四個人，竟然一齊哈哈大笑起來。

曉星丈八金剛摸不着頭腦，不知怎麼回事。

喂，你們弄錯了，
他們才是壞蛋啊！
你還不明白嗎？他
們是一夥的！

小嵐氣得一頓腳：「你還不明白嗎？他們是一夥的！」

「啊！」曉星目瞪口呆。

「大姐大，怎麼處置他們？」那幾個人中的一個問那女子。

大姐大？小嵐不禁上下打量那女子。看她濃眉大眼、鼻大口闊，頭髮又多又亂，就像頂着一個鳥窩在頭頂。真是壞人也有壞人的樣，只是沒想到她竟是這幫人的頭領。

大姐大不懷好意地盯着小嵐和曉星，說：「他們剛才喊叫捉綁匪，一定是知道了些什麼。不能放他們走，帶回去！」

小嵐和曉星被迫跟着他們走了。

一路走，他們都窩着一肚子氣：怎會這麼蠢，竟然向賊求救。尤其是聰明一世的小嵐，更是氣得頭頂冒煙。

曉星撅着嘴說：「人家說『賊喊捉賊』，沒想到我們現在卻『喊賊捉賊』。」

小嵐怒氣沖沖地說：「這件事不許跟任何人講，聽到沒有。」

曉星說：「這麼糗的事，打死我也不講。」

小嵐想：幸好美姬沒有落入魔掌，她一定會馬上下山去搬救兵的。

走了大約十分鐘的路，領頭的那個中年男人在一處長滿攀爬植物的峭壁前站住了，他伸手撩開垂掛着的茂密的常春藤，啊，真沒想到，後面竟是一個山洞。

不知底細的人，根本不會想到那些常春藤後面有個洞呢！

小嵐擔心地想，即使救兵上山，也很難找到這地方呢！看來還得想辦法自救。

「進去！」光頭朝曉星和小嵐吆喝着。

曉星嘟噥着：「這麼大聲幹嗎，我們又不是聾子！」

洞裏光線很暗，光靠着隔幾十步放一枝蠟燭照明，所以只是依稀看到腳下的路。幸好地面十分平坦，所以小嵐他們走起來也不算困難。

走了五六米遠，眼前出現了兩條路。大姐大指着左邊的路，吩咐長毛和光頭說：「你們押這兩個孩子到那邊囚室去，跟公主和王子關在一起。小心點，別讓他們跑了。」

長毛嘀嘀咕咕地說：「侍候那兩個已經夠了，還要加兩個……」

「廢話少說！只要我們再堅持幾天就行了。只要公主繼續失蹤，那兩個蠢國王就一定會再打起來，而且會打得更猛烈，更不留情……」大姐大狂笑起來，「哈哈哈，那樣，我們就可以坐山觀虎鬥，不費一兵一卒，就報了仇。」

光頭馬上應道：「對，讓他們打到殘廢，打到亡國……」

長毛也跟着咋呼：「對啊對啊，打到他們斷手斷腳，打到他們鼻青臉腫，打到他們頭上長暗瘡、臉上長瘌痢……」

「嘻嘻……」小嵐和曉星忍不住捂住嘴笑。

大姐大瞪了他們一眼：「還笑，等我們成功之後，就輪到炮製你們。哼！」說完朝右邊那條路走去。

第13章　山頂洞人

長毛和光頭押着小嵐和曉星往洞裏走。曉星心有不甘，氣呼呼地對小嵐説：「真倒霉，沒想到我們竟然成了囚犯了！」

小嵐説：「什麼囚犯？我們只是做了『山頂洞人』而已。這裏冬暖夏涼，不錯啊！」

曉星一聽笑了：「山頂洞人？嘻嘻！」

他一邊笑，一邊學着猿人的走路姿態，嘴裏還發出些稀奇古怪的聲音。

小嵐捶了曉星一下，笑罵道：「山頂洞人不是古代猿人，他們外貌已經跟現代黃種人一樣了。」

「噢！」曉星又手舞足蹈的，學着原始部落民族的跳舞姿勢。

長毛和光頭張大嘴巴，傻哈哈地看着小嵐和曉星，不知道這兩個孩子在樂些什麼。

接下來的一段路點了較多蠟燭，這讓周圍環境稍微亮了一點。小嵐注意到，原來山洞內壁用水泥抹過，頗為光滑。兩旁還有好些房間，只是房門都緊閉着，裏面靜悄悄的，不像是有人。

小嵐心內暗暗奇怪：綁匪怎麼會有這樣一個具規模的巢穴？要開闢這麼個山洞，裏面還做了裝修，得費多少人力物力啊！按理綁匪是不可能做到的。況且，綁匪都是些見不得光的人，他們要開闢這麼一個地方，又要炸石又要掘土，會很惹人注目。

小嵐想着，不覺已走到山洞盡頭，見到那裏用鐵枝圍了起來，建了間小囚室。

囚室門口有個男人守着，那人不滿地嚷道：「又來兩個！什麼時候才有個完！」

光頭說：「這話可別在大姐大面前說。」

「當然啦，得罪了這個女魔頭，十個腦袋都不夠掉！」那男人又對長毛說，「記得晚上七點來接我班呀！」

長毛說：「得啦得啦！」

囚室裏點了兩枝蠟燭，影影綽綽的見到有兩個人影在晃動。

長毛掏出鑰匙打開鐵鎖，又「哐」一聲推開鐵門，光頭惡狠狠地把小嵐和曉星推了進去。

小嵐和曉星適應了囚室內的黝暗光線之後，看見了角落裏的兩個人。那是一男一女兩個年輕人，他們互相依偎着，正警惕地看着小嵐和曉星。

小嵐走了過去，友善地問道：「請問，是素姬公主和漢西王子嗎？」

兩個年輕人顯得很吃驚。那男的馬上問道：「你怎麼知道我們名字？你們是誰？」

沒等小嵐說話，曉星就搶着說：「我們是山頂洞人！」

「山頂洞人？！」對方露出莫名其妙的樣子。

「小壞蛋！」小嵐敲了曉星腦袋一下，又笑着對素姬和漢西說，「他是個神經病，別理他。」

小嵐拉着素姬和漢西，在離守衞遠點的地方坐下。曉星也跟過來了，四個人圍成一圈。

「我是烏莎努爾公國的公主馬小嵐，你們叫我小嵐好了。」小嵐又指着曉星說，「他是曉星，是我的超級好友。」

素姬和漢西很吃驚，素姬困惑地說：「這幫壞蛋怎麼把你們也抓來了？他們抓我們，是為了引起胡陶國和烏隆國的矛盾。他們抓烏莎努爾的公主幹什麼呢？」

曉星說：「就因為我們小嵐姐姐要粉碎他們的陰謀，令你們兩國化干戈為玉帛嘛！」

漢西說：「我們越聽越糊塗了，快告訴我們是怎麼回事！」

曉星就一五一十地，把他們如何誤闖戰場，如何在兩國之間斡旋，如何找到美姬公主，又如何因為跟蹤光頭和長毛，不小心被抓住，像説故事一樣，足足講了半個多小時。

素姬聽到姐姐美姬沒死，激動得嗚嗚哭了起來，她拉着小嵐的手，一疊聲地説：「謝謝你，太謝謝你了！要不是你幫忙，我姐姐可能就這樣一直『死』了呢！」

她又擔心地説：「不知道姐姐現在怎麼樣了，希望她平安下山，通知父親來救我們。」

「小嵐，謝謝你拔刀相助，解我們兩國之危，你真了不起。」漢西很感動，然後他又焦急地説，「但現在連累了你，真過意不去。」

曉星説：「哥哥姐姐，你們連累的不止我們，你們還連累了兩個國家的國民呢！你們沒看見，打仗的時候多可怕，子彈像下雨一樣……」

素姬低下頭，漢西內疚地説：「唉，我們的確難辭其咎。」

素姬説：「其實，我們也是上了匪徒的當。」

小嵐説：「你們兩個究竟發生了什麼事？」

漢西説：「其實整件事都是恐怖分子搞的鬼。他們不知用什麼方法入侵了我和素姬的電腦，他們用我的名

義發了一封郵件給素姬，說既然雙方家人都不同意我們的婚事，就乾脆一起出走，去一個沒有人認識我們的地方。並約素姬十五號上午十點到姻緣石見我；同時又以素姬的名義，寫了一封同樣的信給我，約我十五號上午十一點在姻緣石等她。我和素姬都上了當，就先後去赴約，誰知正中了那幫人的圈套。」

素姬說：「我上午十點去到姻緣石，但等到十點三十分還沒見到漢西，我急了，因為以前約會他都一定會提早到的。正在着急，見到有人從山上下來，說有山火。我聽了更是着急，因為我知道，漢西來姻緣石，不能由關口出境，因為阿力士國王下了禁止令。所以漢西要迂迴地繞過一段山路，才能到達姻緣石。正着急的時候，有個年輕女人跑來，說漢西在山上被燒傷了，很危險，叫我馬上去。我一急之下，也沒細想，就跟了她去。誰知那女人是恐怖分子的頭目，我一進山洞，就被關起來了。」

漢西說：「真氣人，我也跟素姬一樣上了當。我十點四十五分到了姻緣石，也是等到時間過了還沒見素姬來。因為我在山路上就聞到火燒的焦味，心裏已有點擔心，怕素姬不知會不會跑上山等我，遇上危險。後來在姻緣石等了好一會都不見素姬，心裏已很急了，這時看見了兩個來買啤酒的男人，說是剛才下山時見到一個女子被燒傷，正在搶救。我一聽嚇壞了，心想莫非是素姬？便央求他們帶我去見那女子，就這樣上了當，被騙到這山洞，被關了起來。」

素姬氣呼呼地說：「我跟漢西見了面，才知道從那封郵件開始，一切都是那幫人設的陷阱。我們開始還不知道他們想幹什麼，後來才從他們的談話裏，知道他們是一個國際恐怖組織的人。因為早前他們進入烏隆國和胡陶國從事恐怖活動，被我父親和阿力士國王聯手，捉了他們大部分人。他們懷恨在心，便設下陷阱綁架我們。那兩封電郵，都是他們叫黑客弄的，目的是騙我們到姻緣石，以及造成我父親和阿力士國王的誤會；那場小山火，也是他們故意放的火，是為了哄騙我們跟他們上山。他們的目的只有一個，就是挑起兩國矛盾，讓兩個國家自相殘殺，他們坐收漁人之利。」

漢西無奈地說：「我們可急了，但又沒法逃出去，這囚室上了鎖，門外又白天黑夜都有人守着。本來我們有手提電話的，只可惜被他們抄了去……」

「手提電話在這裏用不上，我們在山路上曾經撥過電話，但沒有訊號。」曉星說，「不過，你們別擔心，聽過一句話嗎？『天下事難不倒馬小嵐』，小嵐姐姐會想出脫身辦法的。」

素姬一把拉住小嵐的手：「小嵐，你一定要想辦法幫我們逃出這鬼地方！只有我們回到家，戰爭才會停止。而且，我很想再見到美姬姐姐，見到父親……」

漢西也用期待的眼神看着小嵐。

小嵐說：「放心吧。我一定想辦法帶你們逃出去。不過，這事要到晚上才能進行。大白天的，逃出去了也肯定會被抓回來。」

漢西點頭說：「對對對！」

小嵐又問：「這幫綁匪一共有多少人？」

素姬說：「其實我們也不大清楚。除了那個被叫做大姐大的女子，還見過另外四個綁匪。」

「嗯。」小嵐想了想，又問，「晚上有人看守嗎？」

漢西說：「有，他們分開兩段時間。第一段由下午五點至第二天清晨五點，第二段由清晨五點到下午五點。每段時間有一個人看守。」

「哦！」小嵐眼睛骨碌碌地轉着。

看守的不知什麼時候已經換了長毛，這時，他扯開嗓子喊了起來：「你們嘀嘀咕咕幹什麼？快來吃晚飯！」

他邊喊，邊從鐵欄柵的縫中遞進四碗吃的。

曉星首先跑了過去：「哎呀，我正好餓了。咦，這是什麼呀？」

小嵐過去一看，只看見碗裏是米飯，飯上面擱了一些煮得發黃的白菜。

素姬公主厭惡地說：「我不想吃。」

漢西說：「這幾天你每頓都只是吃幾口，這樣會弄壞身子的，求你吃點吧！」

「素姬公主，你一定要吃。」小嵐在素姬耳邊說，「餓着肚子，今晚怎麼逃跑啊！」

漢西王子也勸說：「是呀，素姬，你會走不動的。」

素姬說：「好吧，我聽你們的。」

四個人一人端了一碗飯，勉強吃了起來。菜淡而無味，飯有點夾生，還有一股焦味，這讓吃慣山珍海味的他們直皺眉頭，好像吃苦藥那般難受。不管怎麼努力，他們每人都只是硬啃了半碗飯。

吃完飯，小嵐和另外三個人坐到角落裏，小聲說話。

長毛說：「喂，你們悄悄說些什麼呀？讓我也聽聽，解解悶。黑夜溜溜長，又不能睡覺，又沒個人說說話，悶死了！」

四個少年男女不理他，曉星從口袋裏掏出一副飛行棋，說：「我們不悶，我們下棋。」

長毛見到，開心地說：「飛行棋？好玩好玩！可以讓我一塊兒玩嗎？」

曉星說：「不可以！我們剛好四個人。」

四個人攤開棋盤，每人選了一種顏色的棋子，便擲起骰子來了。

小嵐運氣很好，一下就扔了一個六點，可以起飛一架飛機。而漢西和素姬也很快起飛了，只有曉星，手氣很差，扔了十幾次都不是六點，他寸步難行，只好乾着急。

長毛在外面伸長脖子看着，還不時充當狗頭軍師給他們出出主意：「素姬公主，你走那架飛機嘛！喂，那個叫曉星的小子，你擲骰子時別使那麼大勁嘛！……」

但卻沒有人理他。

半個小時後，第一局已分出勝負。素姬反超前，得了第一，小嵐屈居第二，漢斯第三。曉星最慘，只有一架飛機到達終點，其餘的雖然起飛了，但走到半路又被其他人的飛機打掉了。他很不服氣，嚷着：「再玩再玩，下一局我一定能贏！」

四個人又擺好棋子，準備繼續玩。

長毛看着眼饞極了：「我也想玩，讓我玩一局好嗎？」

曉星瞪了長毛一眼，說：「不好！我們是好人，你是壞人，好人不跟壞人玩的！」

長毛死纏爛打：「好啦，好啦，求求你們了！讓我玩一局，就一局，一局！」

曉星斬釘截鐵地說：「不行，就不行！我們不跟壞蛋玩！」

這時，小嵐打了個呵欠說：「反正我也有點累了，看他這麼可憐，就讓他玩吧！讓他使用我的紅色飛機。」

「謝謝，謝謝小姑娘。」長毛興高采烈，他在外面貼近鐵欄坐下，又伸手進去想拿那顆骰子，但怎麼也靠不着，「喂，你們把棋盤往我這裏挪近一點好不好！」

小嵐說：「嘿，你真笨，你進來玩不就行了。」

長毛摸摸腦袋：「對對對，我可以進去玩呀！」

長毛從褲袋裏拿出鎖匙，打開鐵門，走了進去。又馬上小心地重新鎖好門，然後把鎖匙放回褲袋。

「我先擲我先擲！」長毛咋咋呼呼的，拿起骰子就要擲。

「什麼呀！」曉星偏偏不讓，他一手搶回骰子，說，「上一局素姬姐姐贏了，當然是素姬姐姐先擲！」

長毛不高興，但又怕曉星不讓他玩，只好服從了。

第14章　小嵐失蹤了

曉晴這一覺睡得可真夠長，當她慵懶地伸伸手腳，然後去瞧瞧牆上的大掛鐘時，不禁嚇了一大跳：原來已是下午三點多了。

怪不得肚子咕咕叫，原來是餓的。早上因為太睏，只是隨便喝了杯牛奶，相信早已消化掉了。

她一骨碌爬了起牀，去找小嵐，房間裏沒人，去找弟弟曉星，也一樣，房間裏連人影都沒有。好啊，這兩個沒義氣的傢伙，也不叫自己，竟然自個兒出去了。

不要緊，可以把壞事變為好事。自己一個人，可以自由安排時間，省得跟着小嵐東奔西跑、緊張兮兮的，連歇口氣的工夫都沒有。

首先得解決肚子問題，她按鈴叫送餐。馬上，一個穿着白制服的年輕男侍應進來了。男侍應説：「周小姐，小嵐公主已經讓廚房給您準備了一頓豐盛的午餐，您什麼時候要，我可以馬上送來。還有，小嵐公主留下話，她和曉星先生出去有點事，叫您吃完飯在國賓館好好休息，等他們回來。」

曉晴很高興，哈，到底是好朋友，照顧周

到！她開心地說：「馬上送來，我餓極了！」

「是！」

曉晴剛洗完臉刷好牙，男侍應便推了一部放滿食物飲品的餐車進來。他熟練地揭開蓋在飯菜上的鍍金蓋子，又在詢問曉晴意見後，給她倒了一杯新鮮果汁，然後彬彬有禮地說：「周小姐，請用餐！」

曉晴早已飢腸轆轆，也顧不得斯文，拿起刀叉便大嚼起來。直到把餐車上的食物消滅了大半，她才放慢速度。看看身邊一直在侍候的男侍應，便問：「你知不知道，小嵐公主和那個男孩子哪裏去了？」

男侍應回答：「他們呀，跟漢斯王子一塊兒吃了午餐，便出去了。我不知道他們上哪裏去。」

啊，跟漢斯王子吃午餐！

糟了糟了，錯過機會了！不知道還有沒有機會見到王子呢！「死小嵐，臭曉星！」她禁不住大嚷起來。

見到男侍應在一旁驚訝地瞧着她，又想起該注意點儀態，便又放輕聲音問：「他們什麼時候回來？」

男侍應說：「這我不知道。但我知道阿力士國王和漢斯王子今晚會設宴招待小嵐公主和兩位客人。所以，他們應會在晚飯前回來的。」

太好了，今晚還有機會見到漢斯王子。曉晴這才又

高興起來。享受完那頓豐富而又美味的午飯，已接近五點了。曉晴優哉游哉地步出陽台，倚在圍欄上欣賞了一會兒異國風光。看看時間已五點半，心想該開始為晚宴作準備了。今晚要見王子呀，打扮一定不能隨便，一定要光彩照人地出現。

她按鈴讓人進來調校好浴池的水溫，然後舒舒服服地在水裏躺了大半個小時。洗完澡，就開始貼面膜捲頭髮，再往臉上抹這抹那的，到化好妝又穿戴停當時，已是晚上七點十五分了。小嵐和曉星還沒回來，難道他們直接去了宴會廳？有可能！於是，曉晴小心地提起那件紫色晚禮服下襬，逕往樓下的宴會廳去了。

宴會廳門口侍立的禮儀小姐，一見到曉晴便笑容滿臉地迎了上去：「小姐一定是烏莎努爾公國來的尊貴客人，周小姐吧？」

曉晴說：「對！」

禮儀小姐彬彬有禮地說：「請走這邊！」她伸出右手，做了個「請」的手勢。

曉晴被引進一間面積不大但布置雅致的休息室。一見她進來，裏面一位年輕人馬上滿臉笑容地站了起來。他年約二十一、二歲，身材高大，走路時腰板挺得很直。他向曉晴伸出手，說：「請問是周曉晴小姐吧？歡迎歡迎！」

曉晴挺開心的，因為這裏所有人都能準確地說出她的名字，足顯自己地位尊貴。這時那年輕人又補充了一句：「我是漢斯。」

原來是漢斯，果然有王子風範呢！

「漢斯王子您好！」曉晴不知怎的竟臉紅起來。

「請坐請坐。」漢斯王子風度翩翩，請曉晴坐下。

曉晴問：「請問，小嵐和曉星還沒來嗎？」

漢斯王子說：「還沒有。他們中午跟我一塊兒吃午飯，之後自己駕車出去了。但他們應該很快回來的，因為說好了今晚父親請你們吃飯。」

面對這麼一位帥氣的王子，曉晴巴不得小嵐他們再晚點回來呢！

曉晴開始扯東扯西，跟漢斯王子聊起來，但漸漸地漢斯王子有點坐不住了，不時用眼睛瞟瞟牆上的掛鐘。當掛鐘指着八點十分時，他開始有點沉不住氣了。

「小嵐公主不會出什麼事吧？」漢斯顯得有點焦慮。

正說得高興的曉晴停了嘴，她瞧瞧大掛鐘，才發現時間已晚，她想了想，說：「我看不會有事的。小嵐這麼機靈，能有什麼事？我猜他們可能是忙着追查什麼線

索，耽擱了，可能這時正在回來的路上呢！」

話雖這麼説，她到底放心不下，於是拿出手提電話撥了起來。先撥了小嵐的電話，不通。她又撥了曉星的電話，也不通。曉晴也着急起來了。

這時候，阿力士國王走了過來。他跟曉晴打過招呼後，説：「小嵐公主還沒回來嗎？」

漢斯説：「是的。按小嵐公主為人，她不會這麼沒交代的。就是遲了回來，也會打電話説一聲吧。我擔心她遇到了危險。」

阿力士國王果斷地説：「趕快派人去找！」

漢斯説：「是！」

漢斯轉身對曉晴説：「你留在這裏等着，如果小嵐公主回來了，馬上通知我！」

説完就和阿力士國王一起匆匆走了。

曉晴留在休息室等着，期間只吃了半碗侍應捧來的麪條，她擔心小嵐和弟弟，實在嚥不下。

八點半，九點半，十點半，既不見小嵐他們回來，也沒接到漢斯王子的任何消息，她急得在休息室裏走來走去，就像熱鍋上的螞蟻。

正在這時，手提電話響了。啊，是漢斯打來的：「曉晴，目前仍未有小嵐公主的消息。你先回房間休息吧，一有消息，我會馬上通知你。」

曉晴心裏着急，但也全無辦法，她怏怏不樂地離開了宴會廳，回到了房間。她哪裏睡得着啊，一直到半夜，還只是躺在牀上翻來覆去。

突然，她猛地從牀上坐了起來，嚷着：「糟了糟了，怎麼竟忘了告訴萬卡！」

該死該死！她一邊罵自己，一邊撥電話。

這時萬卡仍在辦公室處理國務，接到曉晴電話，大為震驚，他急急地說：「我馬上坐飛機來，你代通知阿力士國王一聲。」

曉晴剛掛線，電話又響了，是漢斯王子。

「我們在雲頂山下找到了小嵐公主駕駛的越野車。估計小嵐公主是來姻緣石尋找我弟弟和素姬公主的線索，之後出了什麼事。你趕快把情況通知萬卡國王。我們已派軍隊在這一帶搜索。」

「我剛剛打了電話給他，告訴他小嵐失蹤的事。他說馬上來幫助處理這事。」曉晴着急地說，「國賓館能派車接我去姻緣石嗎？我也想去找小嵐他們。」

漢斯說：「所有車都派出去尋人了，你還是呆在國賓館好，反正你來也幫不上忙。」說完，就掛了線。

曉晴急得直跺腳。

第 15 章　都是嘴饞惹的禍

這一夜，不知有多少人沒有睡覺，他們都在為小嵐和曉星以及之前失蹤的素姬和漢西而擔心，而奔忙。但他們怎麼也沒有想到，此時此刻，這四個「失蹤人口」，正在山洞裏跟一名綁匪下着飛行棋。

長毛玩了一局又一局，一直佔住位子，不肯給回小嵐。小嵐也不趕他，只是笑嘻嘻地看着。不知不覺，時間已到深夜。

小嵐跑到鐵欄柵前，仔細傾聽了一會兒，只聽得外面靜悄悄的，一點人聲都聽不到。心想綁匪們一定全都睡下了。

小嵐朝曉星打了個眼色，曉星便對長毛說：「哇，你吃飯不擦嘴，下巴還沾着幾顆飯粒。」

長毛用手去擦了擦，然後問：「還有嗎？」

曉星說：「還有。我幫你擦掉它！」

曉星拿出一條小毛巾，伸向長毛的嘴。說時遲，那時快，曉星將毛巾一把塞進長毛嘴裏。

長毛吃了一驚，正想把毛巾取出，小嵐等四個人，早已圍過去，有的抓手，有的抓腳，把長毛按住了。長毛動彈不得，只好掙扎着，嘴裏「唔唔」叫着。

漢西拿出預先用衣服撕成的布繩，把長毛的雙手和雙腳綁住了。

長毛像一隻糭子一樣，被扔在角落裏。

小嵐迅速從長毛褲袋裏掏出鎖匙，打開了鐵門。

小嵐說：「我們快走！曉星，你跟在我後面。漢西，你照顧好素姬。」

一行四人，借着微弱的燭光，悄悄向洞口走去。

幸好一路上沒有碰到綁匪，兩邊那些房間仍然大門緊閉，裏面一點動靜都沒有。走到分叉口，左邊洞裏靜悄悄的，謝天謝地，綁匪一定都睡得死死的。

走到洞口了，小嵐撥開那些垂掛的常春藤，第一個鑽了出去。外面很安靜，她深深吸了一口清新空氣，第一次感到自由的可貴。

四個人站在山洞外面，都有一種想大聲歡呼的慾望，但又怕驚動綁匪，只好忍住了。

天上不見月亮，星光也非常黯淡，四周黑咕隆咚的，分不清東南西北。

小嵐壓低聲音說：「現在沒法弄清方位，我們只能朝着一個方向，一直往前走，反正離這裏越遠越好。」

其他三個人都嗯了一聲，大家都自然而然地視小嵐為小領袖。

「山路崎嶇，你們千萬要小心。」小嵐說，「我先走，你們一個跟一個，別掉隊了。」

漢西說：「小嵐，走前面太危險，還是我來領路吧！」

小嵐以不容反駁的口氣說：「不！還是我領路。你殿後吧！你的角色也很重要，提防有人掉隊。」說完，就領頭走了。

借着黯淡的星光，小嵐十分勉強地辨着腳下的路，四個人走得很是艱難，因為一不小心，就可能掉下萬丈深淵。

大家都不發一言，默默地走着路。只聽到踩着枯葉發出的沙沙聲。遠處有些不知名的鳥在叫着，聲音很悽慘，聽着叫人害怕。

突然，眼尖的曉星拉了小嵐一把：「小嵐姐姐，前面有火光！」

大家停了下來，仔細看去，果然見到十幾米遠的地方燃着一堆火，火堆旁邊有五六個影影綽綽的人影。

曉星興奮地說：「這回好了，我們有救了！那些一定是打獵或者砍柴的人，我們可以請他們帶路下山。」

小嵐說：「慢着！你忘了我們白天的教訓了？小心碰到了綁匪。還是觀察一會兒再說。」

「那些綁匪按理在睡覺呢！」曉星又自言自語地說，「不過，我聽小嵐姐姐的，小心駛得萬年船。」

那些人原來在燒烤，可以嗅到一陣陣烤肉的香味。

大家都在悄悄地嚥口水。因為晚上那頓難吃的飯早已消化掉了，那烤肉的香味，簡直是令他們忍無可忍，直想奔過去飽餐一頓。

「小嵐姐姐，你們看，他們開始吃了！別讓他們全吃光了，我們得過去，要他們留點給我們！」曉星說完，竟急不及待地想跑過去。

「曉星，別……」小嵐一把拉住曉星。

但已經遲了，那幫人被驚動了，有兩個還站起來張望着。

「快蹲下，別動！」小嵐喊了一聲。

四個人蹲了下去，一動不敢動。

過了一會兒，沒聽到火堆那裏有動靜，大家都鬆了一口氣。

突然，眼前大亮，一枝手電筒正照着他們。

大家被強光照得睜不開眼。

「什麼人？」有人大喊一聲。

小嵐站了起來，其他三個人也跟着站了起來。這時，他們才看清面前有四個又高又壯的男人，他們手裏都拿着槍。

小嵐心裏格登一下：這回糟了，要是壞人的話，他們一定跑不掉。

她馬上說：「我們是來露營的，在山上迷路了。」

其中一個長着連腮鬍子的人，無禮地用手電筒把小嵐他們逐個照着，然後鼻子哼了一聲，說：「兩男兩女，都是十來二十歲，別裝了，你們就是素姬公主和漢西王子，還有下午抓到的那兩個人。」

天哪，果然是碰上綁匪了。

「不是啦！」曉星說，「素姬公主和漢西王子被關在山洞裏，哪有這麼容易逃出來！」

「哈哈哈，真是個笨小子。露餡了吧？你怎會知道他們被關在山洞裏？」連腮鬍子哈哈大笑。

小嵐氣得直想給曉星一個糖炒栗子吃！

另外一個瘦高個說：「幸好剛才出來巡邏的時候，有隻傻兔子撞在我們槍彈下。沒想到烤兔肉的香味，又招來了四隻傻兔子。哈哈哈哈！」

那四個綁匪都張大嘴巴，狂笑着。

「你們才是傻兔子！」曉星氣呼呼地說。

堂堂的公主王子，竟成了傻兔子了！
氣死人了！

小嵐和素姬漢西也朝匪徒怒目而視。堂堂的公主王子，竟成了傻兔子了！氣死人了！

都是曉星嘴饞惹的禍！

「走！」那四個人用槍逼着他們走回火堆那邊。

小嵐暗自分析了一下眼前情況——自己四個人，兩個女孩，外加一個乳臭未乾的曉星，一個文弱書生型的漢西，而對方是四個五大三粗的壯漢，外加四枝極具殺傷力的槍。要是硬來，吃虧的肯定是自己。

只好老老實實地跟他們走了。

匪徒把他們分別綁在了四棵樹上。

連腮鬍子對另外三個匪徒說：「你們好好看着他們，等天亮以後再押回去。省得黑沉沉的，半路讓他們逃了。」

四個匪徒又坐回篝火邊，吃兔子肉去了。

曉星嘴巴撅得老高，素姬和漢西一臉無奈。小嵐心裏氣得慌——長這麼大，從來沒這樣窩囊過。

現在逃不了，等天亮以後就更沒機會了。大姐大一定把他們重新關起來，而且看守更加森嚴，他們就更難逃走了。

美姬不知現在怎樣了，山林茂密，她能否跑出去請救兵呢？

小嵐想起了萬卡。要是萬卡在就好了，他一定能扭轉逆勢，帶他們逃出魔掌。

她抬起頭，望着天上的月亮——它剛剛衝破雲層，把清澈的光芒灑在地上、樹上。她心裏呼叫着：「月亮月亮，你看得見萬卡嗎？你替我告訴他，請他馬上來救我！請他快來！」

綁匪們喝酒吃肉，個個醉醺醺的，後來都躺在地上睡了。

小嵐看見是個好機會，小聲對大家說：「我們大家都試試，看能不能解開繩子。」

四個人都開始暗裏使勁。

該死的綁匪，綑綁時一點情面不留，綑得死死的。他們的雙手被反剪到樹後面，再用繩子綁着手腕，所以，解起來一點使不上勁。而且，手每動一動，都會跟粗糙的樹幹摩擦一下，痛極了。

素姬弄了一會就哭了，說：「我不行了，手好痛好痛。」

漢西聽了很心疼：「那你別動好了，等我解開了就去替你解。」

他又對小嵐說：「小嵐，你也別解了，讓我跟曉星解就行了。」

小嵐的手也痛得鑽心，還有濕滑的感覺，估計是皮擦破了，流出了血。但她沒放棄，還是拚命用手指去撥弄着繩結，希望把它弄鬆。聽了漢西的話，她嘴上答應了一聲，但並沒有停下手裏的動作。

曉星一直沒吱聲，他的手也擦破了皮，痛得他齜牙咧嘴的，但他忍着。自己是男子漢啊，要堅強。

大家就這麼跟手腕上的繩子暗暗較勁，充滿希望地做着一件希望渺茫的事。

手太痛了就停一會兒再弄，可是大家發覺，停下之後傷口更痛更痛，於是，他們都瘋了似的，不停去撥弄繩子。小嵐不屈不撓地，終於讓她解開了第一個結，但是，後面還有幾個結要解，她幾乎沒力氣了。

但是，不能停！匪徒醒來就跑不了啦。她又開始解第二個結。

這時，聽見漢西小聲歡呼了一下：「我解開了！」

大家聽了，都鬆了一口氣。心想，這下有救了。

漢西扔下繩子，馬上去幫旁邊的曉星解繩子。沒想到，正在這時，有個綁匪醒了，他發現了漢西的舉動，便馬上通知他的同伴：「快，他們要逃跑！」

另三個匪徒都翻身起來，去摸槍。

小嵐急忙大喊：「漢西，你們快跑！」

曉星的繩子剛好解開了，兩人向小嵐和素姬跑來，想幫她們解繩子。

小嵐見到一個綁匪已朝漢西他們瞄準，急得大喊：「你們快跑！回去搬救兵！」

這時，綁匪已開始開槍，「啾啾」，兩顆子彈從漢西頭上掠過。

漢西見情況危急，只好放棄了替小嵐她們鬆綁的打算，拉着曉星，拚命朝樹林深處跑去了。

連腮鬍子吼了聲：「阿七，你看着兩個女孩。其他人，跟我追！」

那個叫阿七的綁匪嗯了一聲，就用槍指着小嵐和素姬：「等捉回那兩個小子，再一齊炮製你們！」

小嵐和素姬互相看了一眼，她們心裏都在暗暗祈求，希望漢西和曉星能逃出生天。

過了一個多小時，三個綁匪罵罵咧咧地回來了。

「這兩個兔崽子，怎麼一下就跑得沒影了！」

「便宜了他們！」

「這回糟了。等會兒大姐大知道了，我們不死也會脫一層皮！」

連腮鬍子氣急敗壞地指着小嵐和素姬：「不許再睡覺，給我看好她們，天一亮就帶回去。

第 16 章　冰釋前嫌

拂曉前，由阿力士國王派出的搜索隊伍在雲頂山腳下發現了一名昏迷的女子。人們趕緊把她救起，用擔架抬到姻緣石——那裏已成了臨時指揮部。

搜索隊長走進臨時搭建的帳篷，報告說：「國王陛下，王子殿下，我們剛剛在山腳下救了一名身分不明的年輕女子。她頭部撞傷昏迷，身上多有碰撞傷痕，看樣子，是從山上滾下來，撞傷的。」

阿力士一聽十分緊張：「她在哪裏？」

大隊長說：「就在帳篷外面。」

阿力士一聽匆匆往外走，一邊對漢斯說：「快，有可能是小嵐公主！」

昏迷女子躺在擔架上，長長的頭髮蓋住了臉。阿力士一看便知不是小嵐，小嵐留的是短髮呢！他吩咐隊長：「趕快把她送醫院！」

「慢着！」漢斯突然大喊一聲。

他雖然看不清她的臉，她的身形，但是不知為什麼，他總覺得有一種熟悉的感覺。這促使他走向那女子。

他蹲下，輕輕撥開女子臉上的亂髮，看到那張秀氣的臉。

「美姬！」一聲驚呼，從漢斯嘴裏發出。

漢斯用有點近乎瘋狂的動作，把女子從擔架上抱起，擁進懷裏：「美姬，怎會是你？謝謝上天，把你送回來給我！美姬，你醒醒，你醒醒！」

漢斯不顧一切地喊着。他的吶喊終於起了作用，一直昏迷的美姬緩緩睜開了眼睛。她認出了眼前人：「漢斯，是你……」

「是我，是我。是生生世世把你記在心裏的漢斯。」漢斯聲音哽咽了。

美姬欣慰地笑了。這時，阿力士國王也蹲了下來：「美姬，原來你還活着。上天憐憫，像你這麼好的孩子，命不該絕。」

美姬眼裏滾出淚珠，她好像突然想起了什麼，指着山上：「快去救素姬，救小嵐，救漢西和曉星……」

「什麼？」阿力士一聽大驚，忙問道，「他們在哪裏？你知道他們的情況？」

「是。」美姬說話雖然有氣無力，但還是很清晰地說了昨天發生的事。包括如何在姻緣石附近遇到兩個綁匪，知道了素姬和漢西下落，如何跟蹤綁匪，又被綁匪

發覺，小嵐如何急中生智保護了她……

美姬說：「我親眼看見小嵐和曉星被綁匪抓走了。等綁匪走遠之後，我就拚命跑下山，想找人救他們。但雲頂山太大樹又太茂密，我走着走着就迷失了方向。後來天又黑了，我就更加找不到路了。我只好找個地方躲起來，等到天矇矇亮，辨清了方向，才向山下狂奔。快到山腳時，不小心失足，滾了下來，就人事不省了。幸虧被你們救了。」

阿力士國王聽完美姬一番話，不禁怒火中燒：「這幫恐怖分子，只恨當初手下留情，沒有對他們趕盡殺絕。沒想到他們恩將仇報，用這樣卑劣的手法，煽風點火，造成兩國不和。」

他對美姬說：「孩子，你好好養傷，救人的事有我們去做，我一定會救出人質！漢斯，你送美姬去醫院，請最好的醫生最好的護士照料她。另外，你趕緊通知阿齊齊國王，告知美姬公主在我們這裏，還有告訴他素姬公主被綁架的事。」

「是！」漢斯應道。

美姬和漢斯離開後，阿力士國王開始調兵遣將。搜索隊長面有難色，他說：「陛下，雲頂山實在太大，搜索需要時間。而且山上樹木茂密，又給搜索帶來極大麻煩。所以一定要派多支隊伍大包圍搜山。但是這樣的話，一定會驚動綁匪，我怕他們狗急跳牆，會對王子他們下毒手。」

阿力士皺着眉頭：「你說得對。但是美姬又沒法提供準確的位置，而且她也不知道綁匪的巢穴，這事情實在難辦。」

這時，有名侍從匆匆跑來，報告說：「國王陛下，烏莎努爾國王萬卡來了！」

「萬卡國王？太好了！」阿力士國王急忙走出帳篷。

但他還沒走幾步，帳門一掀，萬卡已走了進來。

萬卡一臉疲累，一臉焦慮，一臉風塵，一見阿力士便問：「情況怎樣？有消息嗎？」

阿力士說：「萬卡國王，小嵐公主遭綁架了……」

他把從美姬那裏得來的消息，告訴了萬卡。

阿力士又說：「現在我正考慮如何搜索，會更為妥當。」

他又把剛才和隊長的談話內容跟萬卡說了。

萬卡皺着雙眉：「你們的顧慮有道理，如果有準確位置，然後出奇兵突襲救人，就最好。讓我想想……」

他低着頭，不停踱步。突然，他發現地上有個箭頭，這個箭頭有點特別，指示方向的地方不是尖的，是圓的。這個箭頭畫法好熟悉！

啊，是小嵐！記得有一次和小嵐一起玩野外追蹤，小嵐做先頭部隊，她畫的標示方向的箭頭全是圓的。萬卡後來問她，真正的箭頭應是尖的，你畫的怎麼是圓的？小嵐扮了個鬼臉說：「我怕刺到你嘛！」儘管她說的是玩笑話，但仍然令萬卡心裏甜滋滋的。

「這是小嵐留下的標記！」萬卡指着地上的箭頭，喊了起來。

阿力士忙蹲下，仔細看着箭頭，說：「你能確定這是小嵐公主留下的嗎？」

「能！」萬卡斬釘截鐵地說，「相信她會一路給我們留標記。阿力士國王，您趕快組織一支一百人的精鋭隊伍，我來領隊去營救小嵐他們。」

阿力士高興地說：「好，我們一塊兒去！」

搜索隊長很快集合了一支營救隊伍，正要出發時，突然見到不遠處有支車隊疾馳而來。那車子排了一長串，看不到尾。

大家正在驚訝，最前面那部越野車已「嘎」一聲在他們面前停下，一個全副武裝的人從車裏走出來。

是阿齊齊國王！

接着，一輛輛的車子全都停下了，裏面下來的都是全副武裝的軍人。

阿力士一見大為緊張，心想莫非這傢伙又來挑釁！他大喊一聲：「隊長，準備迎戰！」

「慢着！」萬卡觀察着，說，「我看他們不像是來挑釁的。」

正說着，阿齊齊已經走過來，風風火火地直奔阿力士。

阿力士正要閃避，但已遲了，他的手已被阿齊齊牢牢抓住。他正要叫喊，但已被阿齊齊搶先：「對不起，對不起！剛才美姬給我打了電話，我什麼都知道了。謝謝你救了美姬。」

阿力士一聽鬆了口氣：「不用客氣。美姬是好孩子，救她是應該的。」

阿齊齊露出慚愧的樣子，說：「之前的事多有誤會，還跟貴國大動干戈，實在是不智，在此跟你道歉。幸好小嵐公主及早出面調停，未有造成人命傷亡。但貴國人民因此而蒙受的財產損失，本國王一定全數賠償。」

阿力士說：「不用不用。」

阿齊齊說：「要的要的！」

阿力士說：「真的不用！」

阿齊齊說：「一定要一定要！」

萬卡見到他們冰釋前嫌，心裏很高興，但見他們說着說着又有點臉紅脖子粗了，急忙上前說：「兩位國王不必再爭，戰爭賠償稍後再提，現在馬上要做的事是派隊伍展開營救。」

阿力士說：「對對對，我馬上派人去營救。阿齊齊兄弟，你在這裏靜候好消息吧！」

阿齊齊說：「不不不，我隊伍都帶來了，還是我派隊伍去營救，你在這裏等候好消息。」

阿力士說：「還是我去！」

阿齊齊說：「還是我去！」

「別爭了！」萬卡急了，不禁一反平日溫和性格，大喊一聲。他們再爭持一秒，小嵐他們的危險就多一分啊！

兩個國王看着萬卡。

萬卡說：「阿力士國王，阿齊齊國王，你們各帶一支五十人的精鋭隊伍，組成聯合救援隊，我做總指揮，五分鐘後出發！」

阿力士和阿齊齊不再爭了，一齊應道：「是！」

一支救援隊伍很快集結起來，阿力士和阿齊齊各自領着本國隊伍，而萬卡則做領隊及總指揮。

萬卡按着小嵐留下的圓箭頭走着，把隊伍帶上了山。在一個拐彎處，又發現了第二個圓箭頭。就這樣，他們按着小嵐留下的標示一路到了山腰處。這時出現了一個三叉路口，按理小嵐會留下標示的，但萬卡觀察了很長時間，都沒能找到。

阿力士和阿齊齊見萬卡跑來跑去、一籌莫展的樣子，便都跑了過來。

「有頭緒嗎？」兩個人異口同聲地問。

萬卡指着地面說：「你們看，這裏的草被踩得亂七八糟的，像是不少人在這裏停留過。我估計，小嵐和曉星就是在這裏被抓走的，所以在這之後就再沒留下標記。」

阿力士說：「咦，我記起來了！美姬提到，她們就是走到一個三岔路口時，被綁匪發現的。」

阿齊齊說：「這就有點麻煩了。三條路，該往哪一條走才對呢？」

三個人正在商量，忽然見到前面有兩個人跌跌撞撞地跑下山來。

萬卡驚訝地發現，跑在前面的、個子小小的那個人，竟是曉星！

第 17 章　捨身救人

小嵐一直留意着綁匪動靜，尋找脱身機會。可惜四個綁匪虎視眈眈地看守着她們，令她的計劃落空了。

天剛亮，就見到大姐大帶着四五個人氣急敗壞地走來，原來早上光頭換班時，發現了被綁的長毛，知道人質逃跑了。

「混賬，怎麼讓那兩個男的跑了？他們回去報信，我們死定了！」大姐大朝連腮鬍子咆哮着。

「我……我們……」連腮鬍子囁囁嚅嚅的，很委屈的樣子。

「這地方不能呆了，我們馬上回山洞去，取出裏面的東西，然後轉移。」大姐大命令着。

「你，你！」大姐大指了指連腮鬍子和光頭，「你們負責看好兩個女孩，千萬不能讓她們跑了。」

「是！」兩名綁匪應道。

兩名綁匪走向小嵐和素姬，把她們從樹上解了下來，又重新用繩子把她們雙臂反剪在身後。繩子勒在小嵐剛才被擦破的皮膚上，痛得她咧了一下嘴，但她忍住不喊痛。素姬卻忍不住了，嗚嗚地哭了起來。

小嵐關心地看着她：「素姬，別哭，別讓那些壞蛋笑話。咬咬牙挺着，一會兒就不覺得痛了。」

「嗯！」素姬答應着，真的不哭了。

一班亡命之徒，押着小嵐和素姬，直奔回山洞去。

回到山洞口，大姐大吩咐光頭道：「你去放哨！」

又吩咐連腮鬍子：「你把兩個女孩綁在樹上，也進洞裏幫忙搬東西吧！

真不幸，小嵐和素姬，又分別被綁在兩棵樹上了。

綁匪們開始忙碌地把東西搬出洞口，看來他們在洞裏藏了不少東西呢！有吃的，有用的，有槍枝彈藥。有兩個人抬出一個箱子，那箱子好像挺重的，兩個粗壯的男人都累得氣喘吁吁的。

小嵐見他們都忙着搬東西，便又開始設法解開綁着雙手的繩子。

綁匪們走進走出，搬了一個多小時，洞口的東西堆成了小山。

「你們每個人盡量背多點子彈和食物、飲用水，」大姐大吩咐着，又指指連腮鬍子，「你和長毛負責抬箱子。這箱子很重要，你們命丟了也不能丟它。長毛，你這次要將功贖罪，再出亂子，一槍斃了你！」

「是，大姐大！」長毛點頭哈腰的。

也許是連腮鬍子剛才太着急，竟然沒有很使勁地綑綁小嵐，小嵐弄了一會兒，居然把繩結弄鬆了。只要再加把勁，估計很快就可以解開繩索。

這時，連腮鬍子喚長毛去抬一下箱子，試試重量。長毛毛手毛腳的，把扁擔擱在肩上，就想直起腰。但箱子的沉重令他一個趔趄，跌倒了，箱子也跌翻在地，散了開來。

裏面哐噹哐噹，竟跌出許多金燦燦的金條來。

「混賬東西！」大姐大破口大罵，「還不趕快撿起來。」

可是，已經遲了，那幫綁匪見到金燦燦的金條，都露出了貪婪的目光，不約而同撲過去，撿起金條塞進自己的背囊裏。

「不許撿！」大姐大急了，掏出手槍，向天開了一槍。

那幫眼紅了的綁匪，根本不理會大姐大，繼續撿着。這時候，光頭慌慌張張跑來了。

「不好了！有大隊人馬往這裏包抄來了。其中帶路的，就是漢西王子和那個叫曉星的小子。」

「快逃命呀！」綁匪們嚷着，爭先恐後，

四散而逃。

「你們這幫賊，快把金條放下！」大姐大聲嘶力竭地嚷着，但誰也不聽她的，一眨眼工夫就跑得不見蹤影了。

大姐大沒奈何，俯身撿起剩下的幾條金條，放進背包。她直起腰，惡狠狠地望着綁在樹上的兩個人，罵了一句：「好啊，我死也要拉個墊背的！」

她舉起槍，朝距離才幾步遠的素姬公主瞄準。素姬被綁在樹上，根本避無可避，她驚嚇地望着大姐大，臉如死灰。

這時候，大隊人馬已趕到了。走在前面的漢西發現了素姬的險境，急得大喊：「素姬小心！」

這一聲猛喊，令大姐大愣了愣，但她仍定了定神，瞄準素姬胸膛「砰砰」打了兩槍。

漢西遠遠見到，嚇得心膽俱裂……

正在千鈞一髮之時，已掙脫繩索的小嵐猛撲向素姬，用自己的血肉之軀護住了素姬。

幾乎在同時，萬卡手中的槍響了，大姐大應聲倒地。

「小嵐！」萬卡瘋狂地跑向現場。

小嵐已倒在素姬腳下。

你來了，我就放心了，我好累，我想睡一會兒……
小嵐，你別睡，睡，你要撐着！

「小嵐，小嵐！」萬卡抱着她，心痛欲絕。

小嵐的眼神有點散亂：「萬卡，你……來了，一定是月亮把口訊捎到了……你來了，我就放心了，我好累，我想睡一會兒……」

萬卡悲痛地說：「小嵐，你別睡，別睡，你要撐着！」

小嵐笑了笑，慢慢地閉上了她那雙美麗的大眼睛。

「小嵐，你不能死，小嵐，小嵐啊！」素姬尖叫着。

這時，漢斯也跑來了，曉星跑來了，阿力士和阿齊齊帶着隨隊救護官來了。

所有人目睹了小嵐捨己救人那一幕，都感動得淚流滿面。

「小嵐，小嵐公主……」許多聲音一齊呼喚着小嵐的名字。

死裏逃生的素姬，哭得渾身顫抖：「小嵐啊，你為什麼這樣傻，為什麼？」

阿齊齊摟着毫髮無損的女兒，涕淚交流：「女兒呀，你一輩子都要記住，是小嵐救了你的命……」

曉星拉着小嵐一雙手，嚇得不會說話了，只是重重複複叫着：「姐姐，姐姐，姐姐，姐姐……」

萬卡忍着眼淚，迅速為小嵐檢查了一下：「小嵐還有呼吸。但情況很危急，她中了兩槍，其中一槍傷及要害，得馬上動手術，取出子彈。」

「好，馬上叫直升機來，送去最近的醫院。」阿力士急忙拿出軍用電話。

萬卡發現小嵐的氣息越來越弱，呼吸越來越微，他絕望地喊道：「不行，小嵐的傷勢等不了，也經不起搬來搬去的折騰。她只能就地動手術，而且是馬上！」

就地？馬上？

大家都呆了。就在這荒山野嶺，怎麼做手術？哪裏有醫院？哪裏找醫生？

阿齊齊脫口而出：「這、這怎麼可能！」

「有可能！」這時，有人插話。大家一看，是烏隆國的一名救護官。

所有人的目光都唰地落到他身上。

「這就是醫院！」救護官指着曾經是綁匪巢穴的山洞。

因為綁匪要搬東西出來，所以把那些遮掩着洞口的常春藤撩了起來，那平日不易察覺的山洞暴露無遺。

大家都吃了一驚。

曉星說：「這是綁匪的山洞呢，怎麼會是醫院？」

救護官說：「千真萬確！這山洞是一間戰備醫院，是十三年前建的。那時附近幾個國家都打着仗，很可能殃及池魚。當時的衞生部長為了戰備需要，在這深山密林裏建了一間小型醫院，裏面有十多間病房和一應為戰時所必需的藥品和醫療器械。我當時剛大學畢業，當了衞生部長的秘書，醫院剛建成時我跟着部長來視察過，所以知道這個秘密。也真沒想到，這醫院竟被綁匪佔據了。」

阿力士一拍腦袋：「這事當年衞生部長跟我說過，怎麼我竟忘了！那太好了，你馬上給小嵐做手術。」

救護官抱歉地說：「對不起，我不能動這麼大的手術。」

「誰說沒有醫生，我就是醫生！」萬卡抱起小嵐，說，「時間就是生命，救護官，請協助我做手術！」

在大家驚愕的目光中，萬卡抱着小嵐走進了山洞。救護官沒問什麼，趕緊跟了進去。

第 18 章　紅絲帶的祝福

第二天清晨。

雲頂山的早上原來好美。你看，淡淡的晨霧就像仙女的飄帶，在樹與樹之間繞來繞去；經過露水洗滌的樹葉，顯得青翠欲滴，在晨色中泛着銀色的光；在窩裏歇息了一夜的小鳥，在枝頭上跳着、叫着，給寧靜的山林奏響了晨曲……

山洞醫院裏靜悄悄的。被擔憂折磨了一天一夜的人們才剛剛入睡，除了鼾聲、不安的夢囈聲，就只聽見洞頂偶爾落下水滴時，發出的「嗒……嗒……」的聲音。

小嵐的手術由萬卡操刀，這對他來說是有生以來一次最大的考驗。久未上手術台，傷者的傷勢嚴重，又是自己心愛的女孩，一切一切都不容有失。

從手術台上下來時，朋友們發現，他的衣服，從裏到外，像剛從水裏撈出來一樣，全濕透了。可想而知，萬卡是憑着怎樣的堅韌和勇氣，才克服了心理障礙，成功地進行了手術的。

那個情景實在可怕——子彈打在小嵐心臟旁邊，如果稍微往裏偏哪怕一點點，小嵐就沒救了。

手術成功，小嵐身上的子彈也取出來了。但由於傷勢太重，流血太多，時間已過去一天一夜，小嵐仍然昏迷，仍未脫離危險期。

自小嵐出事後，萬卡便守在她身邊，一直沒有合過眼。他害怕一合上眼，就再也見不到心愛的女孩。

除了兩位國王須回去處理國事之外，曉星、素姬、漢西，還有聞訊趕來的曉晴，全都在病房守着，直到天快亮時，素姬終於熬不住，才由漢西陪着去休息了。而曉星和曉晴死活不肯走，最後只肯蜷縮在病房一角的沙發上，小睡一會兒。

萬卡手執小嵐的手，看着小嵐那張雖然蒼白但純潔得像天使般的臉，喃喃地說着話。

「小嵐，你知不知道你好勇敢，你救了素姬，要不是你替她擋了子彈，她肯定難逃厄運；綁匪全被抓住了，他們會受到法律制裁的……」

「小嵐，你知不知道，你令我好心疼好心疼。你痛嗎？你餓嗎？你難受嗎？我恨不能代你承受這一切！……」

男兒有淚不輕彈，但努力去壓抑的痛苦，卻令萬卡更感剜心之痛。

「小嵐，你快醒來吧！沒有了你，即使我擁有整個王國又如何？如果可以的話，我願以王位來換回你的生命……」

萬卡看着在死亡線上掙扎的心愛女孩，心痛欲絕。終於，「啪噠」一聲，一滴男兒淚，落到了小嵐臉上。

這一下，令小嵐不為人察覺地動了動眼球。那滴淚水帶着溫熱，帶着愛的召喚，啟動了她的大腦，強化了她的心臟，喚醒了她的意識……

她慢慢地睜開了眼睛。

萬卡正低頭拭淚，並沒察覺。

小嵐看見了萬卡。啊！那張俊朗的臉為什麼變得如此憔悴、如此瘦削！啊，他在流淚！小嵐好心疼，輕輕喚了一聲：「萬……卡……別哭……」

萬卡一抬頭，看到了那雙久違了多時的、像藍天一樣清澈的眼睛，他的心因狂喜而撲通亂跳，他大聲喊道：「小嵐！小嵐！你醒了，你終於醒了！」

小嵐感動地看着萬卡：「謝謝你……是你把我喚醒的。」

曉晴和曉星被吵醒了，他們狂奔了過來。姐弟兩人都哭了。

曉晴拉住小嵐一隻手，眼淚大滴大滴往下

掉：「小嵐，小嵐，小嵐你真的醒啦？你真把我嚇死了！」

曉星抽泣着：「小嵐姐姐，小嵐姐姐，你回來就好了，我真怕你不要我們了！」

小嵐虛弱地笑了笑：「我怎捨得離開你們……我還要跟你們做一百年朋友，一千年朋友……」

正在這時，一大羣人走了進來。他們是阿力士國王、阿齊齊國王、漢西、素姬、漢斯，還有身上帶傷的美姬。

兩位國王回去以後，向兩國國民發表了聯合公告，說明了素姬公主和漢西王子失蹤真相，譴責了恐怖組織製造綁架事件、意圖挑起兩國戰爭的陰謀，並大力讚揚小嵐公主捨己救人的英勇行為。阿齊齊國王還另外發出了一份《罪己書》，主動承擔發動戰爭、損害烏隆國人民利益、傷害兩國人民感情的錯誤，並表示會全部賠償烏隆國的所有損失。

兩國即時宣布恢復外交關係，兩位國王冰釋前嫌、握手言歡，兩國人民終於擺脫戰爭的噩夢，重過安居樂業的日子。

兩位國王為處理國務一夜未睡，他們都惦掛着小嵐，於是天未亮便相約來看她。而美姬知道小嵐為救素

姬受了重傷，擔心之極，便不顧自己身上有傷，硬是要漢斯扶着，跟父親和阿力士國王一同乘直升機來了。

見到小嵐已經醒了，大家都喜形於色。素姬猛撲到小嵐牀前，淚流滿面：「小嵐，我不知道跟你說什麼好，任何感激的話，都無法表達我的感受。你的救命之恩，我一輩子都償還不了。」

阿齊齊也說：「小嵐公主，謝謝你！我兩個心愛的女兒都是你救的，我想，即使我送給你整個王國，也難以表達對你的感激……」

阿力士也說：「小嵐公主，感謝你解決了兩國危機……」

大家都由衷地向小嵐說着感激的話，小嵐只是淺淺一笑，說：「你們言重了！我只是做了應該做的事。」

萬卡說：「各位，對不起！小嵐剛剛醒來，身體還很虛弱，不能說太多的話。」

阿力士忙說：「對對對，讓小嵐先好好休息。」

阿齊齊說：「這裏畢竟設備簡陋，不適宜小嵐養傷。萬卡國王，我們的直升機上急救裝備齊全，還有醫生護士候命，我想帶小嵐回胡陶國。我們的國家醫院，有着世界一流水平的醫生，我們一定讓小嵐儘快康復。」

阿力士附和說：「對對對，阿齊齊兄的國家醫院的確不錯，小嵐在那裏一定能得到最好的照顧！」

「這裏的確不適合養傷，那就麻煩阿齊齊國王了。」萬卡說完，又俯身朝小嵐說，「我們現在就送你去胡陶國國家醫院，好不好？」

小嵐點點頭：「一切聽你的。」

四名救護員抬進來一副擔架，萬卡小心地、輕輕地把小嵐抱到擔架上，大家眾星捧月般，把小嵐護送出了山洞。

剛走出山洞，小嵐便驚訝地睜大了眼睛——

從洞口開始，一直到蜿蜒往山下的路，兩旁樹上繫滿了紅色絲帶，一根根的絲帶在風中搖曳，令山路變成了一條紅色的路……

阿力士國王說：「在胡陶國和烏隆國，紅絲帶代表祝福。這些紅絲帶，都是兩國民眾自發來繫上的，他們希望帶給小嵐公主祝福，祝她早日康復。」

阿齊齊說：「還不止這些。小嵐要是身體好點，可以上互聯網看看，那上面留了千千萬萬條留言，都是祈求小嵐公主健康快樂的。」

小嵐感動得熱淚盈眶。

第19章　四喜臨門

在許多人的關懷和愛護下，小嵐的康復速度驚人，幾天之後，她就可以坐着輪椅，由萬卡推着到花園曬太陽了。

萬卡決定過兩天就帶她回烏莎努爾。

這段時間，一班年輕人成了很要好的朋友。曉晴兩姐弟，美姬兩姐妹，漢斯兩兄弟，大家一有時間就到國家醫院那個漂亮的花園，一班人圍擁着輪椅上的小嵐和站一旁的護花使者萬卡，大家談天說地，十分開心。

這天，朋友們來的時候特別高興，曉星更是笑得合不攏嘴，神神秘秘地對小嵐和萬卡說：「今天，有個特大喜訊！」

小嵐問：「什麼特大喜訊？看你古古怪怪的。」

曉星沒回答，只是跑過去一手挽住素姬，又一手挽住漢西，然後一步步朝小嵐走去，一邊走還一邊哼着《結婚進行曲》的音樂。

小嵐十分驚喜：「素姬和漢西要結婚？」

素姬低着頭，一臉羞澀。漢西笑嘻嘻地說：「我們先訂婚，明天晚上就進行儀式。素姬說，要讓你和萬卡見證我們的幸福。」

萬卡笑道：「那真要恭喜你們了。」

小嵐高興得拍起手來。素姬上前擁抱小嵐，眼裏閃着幸福的淚花。

一班年輕人開始嘰嘰喳喳地給素姬和漢西出主意——訂婚儀式應怎樣怎樣，穿什麼衣服，戴什麼首飾，每個人臉上都滿溢着歡樂。

只有小嵐留意到了美姬和漢斯笑容裏的苦澀。

雖然阿力士和阿齊齊國王都很想成全他們，但是，和葛婭公主的指腹為婚，又令他們很無奈。為人處世，一諾千金，阿力士國王不能違背當年的兒女婚約，而阿齊齊國王也不想連累阿力士成為背信棄義之人。美姬和漢斯只好把悲傷藏在心裏，盡量享受眼前開心的日子。

第二天早上，當朋友們如常來看望小嵐時，卻發現他們不在醫院。原來一大早，萬卡親自駕駛飛機，帶着小嵐離開了胡陶國，去了哪裏，沒有人知道。

曉星氣得嘟着嘴，這小嵐姐姐和萬卡哥哥，一定是撇下他們，到哪個好玩的地方去了。哼，真不夠朋友！

時間到了傍晚。華燈初上時，胡陶國宴會大廳裏熱鬧極了，那裏賓客如雲，一片喜氣。胡陶國和烏隆國的皇親國戚全來了，他們都是來見證素姬公主和漢西王子幸福的一刻的。

漢斯兩兄弟跟在阿力士和阿齊齊國王後面，迎接賓客，而美姬就和曉晴陪着素姬，在休息室裏等着儀式開始。

芬絲和雪莉也回來工作了，她們兩人不時給兩位公主補妝呀、整理禮服呀，忙得很開心。

曉星負責跑進跑出的，一會兒跑進休息室跟女孩子們匯報外面情況，一會兒又跑到大廳，給漢斯兩兄弟傳遞女孩子們的指令，忙得不亦樂乎。他每跑一趟，都要嘀咕着同一句話：「怎麼小嵐姐姐和萬卡哥哥還不來呀！」

素姬倒是氣定神閒，她堅決地說：「反正，我要等小嵐來了才開始。我能等！」

儀式開始前半小時，聽到外面侍從大聲喊着：「烏莎努爾萬卡國王、小嵐公主到！」

阿力士國王和阿齊齊國王，還有漢斯兩兄弟慌忙出迎。其他一眾賓客，早知道小嵐勇救素姬公主一事，再加上萬卡在國際上的名望，所以都紛紛站立兩旁，恭敬地迎接。

萬卡和小嵐一出現，立刻吸引了所有人的目光。小嵐已經不坐輪椅，由萬卡挽着胳膊，慢慢走了進來。他們剛長途飛行回來，沒顧上刻意打扮，但他們的俊美及風度，已令在場一眾皇親貴冑、型男美女相形見絀。

在場許多人都沒見過他們，今日一見，都有驚為天人之感。

他們跟兩位國王及兩位王子握手致賀。這時，曉星跟美姬素姬跑出來了，素姬見了小嵐十分高興，而曉星就埋怨道：「小嵐姐姐，萬卡哥哥，你們去哪裏了？」

小嵐笑着說：「我們去取一份大禮。」

曉星說：「咦，是給素姬姐姐和漢西哥哥的大禮嗎？」

小嵐搖搖頭：「不，給美姬和漢斯的。」

大家聽了都大為驚訝。

萬卡說：「離儀式開始還有一點時間，我們進休息室坐坐，講講我們今天的行蹤，以及帶回來的禮物，好嗎？」

大家都很想知道小嵐和萬卡今天去了哪裏，又為什麼不送禮給素姬和漢西，反送給美姬和漢斯？於是，都一起進了休息室。

「你們都很想知道我們今天一大早去了哪裏吧？告訴你們，我和小嵐去了一趟達理國，並且跟國王哈克先

生長談了兩個小時。」小嵐說着取出一封信，交給阿力士，「這是哈克先生給您的信，您看完就會明白，我們給美姬漢斯帶回來什麼禮物了。」

大家都期待地看着阿力士。

阿力士打開信，邊看邊唸着：

阿力士國王：

承蒙萬卡國王和小嵐公主千里迢迢來敝國，為我們的兒女親事懇切長談。我終於明白兒女婚姻不可由父母包辦，年輕人應有自由戀愛的權利，我們當年的指腹為婚，也許真是一個謬誤。

為此，我跟女兒交換了意見，竟發現原來女兒已有心儀對象，只是怕我成了背信棄義之人，才不敢悔婚，但內心一直痛苦。

沒想到我們當年一時意見用事，差點毀了兩對年輕人的終身幸福。幸好亡羊補牢，未為晚也，錯誤現在還有修正機會。

我提議，取消當年指腹為婚的口頭盟約，讓小兒女自己去尋找幸福，相信你一定不會反對。

你的朋友 哈克

「太好了！」聽完信的內容，在場的人都忍不住歡呼起來。眾人都大喜過望，簡直不相信事情有這樣的轉機。美姬和漢斯互相擁抱，喜淚直流。阿力士和阿齊齊兩位國王，竟也忘形地擁抱着，大叫，大笑，開心之極。

曉星笑嘻嘻地看着小嵐：「小嵐姐姐，你帶回來的真是一份好禮物啊！」

小嵐很得意：「本來就是嘛！」

萬卡說：「兩位國王，我有一個建議，今天的訂婚儀式，乾脆來個雙喜臨門，加上漢斯和美姬一對。」

阿力士和阿齊齊異口同聲地說：「好主意！好主意！」

漢斯看着美姬，單膝跪下：「美姬，你願意嫁給我嗎？」

美姬羞紅了臉：「我願意……」

「噢，太好了！」所有人都鼓起掌來。

漢斯拉着美姬的手，走到小嵐和萬卡面前，說：「謝謝你們！你們好像天使一樣，給我們帶來了幸福！我和美姬會一輩子記住你們的幫助！」

阿力士和阿齊齊也走了過來，對小嵐和萬卡說：「謝謝兩位的幫助，今後，我們胡陶國和烏隆國，永遠是烏莎努爾的親密盟國，今後有什麼需要幫忙的，我們一定義不容辭。」

今天的訂婚儀式，乾脆
來個雙喜臨門，加上漢
斯和美姬一對。
好主意！好主意！

萬卡說：「好！那我們三個國家就結為同盟，互相支援，互相幫助，為維護世界和平共同努力！」

「好！」三雙有力的手緊緊相握。

這時，阿力士有點囁囁嚅嚅地說：「萬卡國王，老夫還有事相求……」

萬卡還沒答話，阿齊齊竟也吞吞吐吐地說：「是呀是呀，老夫也有事相求呢……」

萬卡說：「兩位有什麼事，但說無妨，我一定幫忙。」

阿力士說：「我……我只有兩個王子，我很想有一個像小嵐這樣聰明的公主……」

阿齊齊也說：「我雖然已經有兩個公主，但我還想多一個像小嵐那樣勇敢的公主……」

漢斯兩兄弟和美姬兩姐妹聽了，也興高采烈地說：「我們也想有小嵐這樣可愛的乾妹妹！」

萬卡聽明白了，笑着問小嵐：「怎麼樣？」

小嵐笑嘻嘻地說：「榮幸之極！而且，以後多了四個哥哥姐姐陪我玩了！」

一時間，歡笑聲陣陣，美姬和素姬，拉着小嵐的手，連呼「好妹妹！好妹妹！」

「那今天就不止雙喜了。」曉星扳着指頭，「美姬

姐姐跟漢斯哥哥訂婚是一喜，素姬姐姐跟漢西哥哥訂婚是二喜，阿力士國王多了一個公主是三喜，阿齊齊國王多了一個公主是四喜。哇塞，是四喜臨門呢！」

「對呀，是四喜臨門！」大家都開心得鼓起掌來。

這天晚上，賓主盡情狂歡，宴會廳裏，洋溢着歡樂、溫馨、友好、和諧……

小嵐和萬卡應酬了一會兒，萬卡怕小嵐累了，便扶她到旁邊沙發坐下，又讓侍應送了一些點心過來。兩個人一邊吃一邊分享着人們的喜悅。

萬卡邊吃邊瞅着小嵐微笑。小嵐嘟着嘴說：「喂，你老看着我幹什麼？」

萬卡說：「我在想，眼前這個女孩為什麼這樣了不起，竟然能讓兩個水火不容的國家，轉眼間化干戈為玉帛、化暴戾為仁慈。」

小嵐笑嘻嘻地說：「天下事難不倒馬小嵐嘛！」

冷不防曉星鑽到他們面前，扮了個鬼臉說：「小嵐姐姐，萬卡哥哥，什麼時候輪到你們訂婚……」

沒等曉星說完，小嵐把一塊蛋糕往他嘴裏一塞，曉星「嗚嗚」地叫着，再也說不出話來。